Amos Tutuola
Der Palmweintrinker
und sein toter
Palmweinzapfer
in der Totenstadt

*Aus dem Englischen übersetzt
von Walter Hilsbecher*

Klett-Cotta

Verlagsgemeinschaft Ernst Klett Verlag –
J. G. Cotta'sche Buchhandlung
Die Originalausgabe erschien unter dem Titel
»The Palm-Wine Drinkard«
© 1952 Faber and Faber Ltd.
Über alle Rechte der deutschen Ausgabe
verfügt die Ernst Klett Verlage GmbH u. Co. KG, Stuttgart
Fotomechanische Wiedergabe
nur mit Genehmigung des Verlages
Printed in Germany 1986
Design: Heinz Edelmann
Gesetzt aus der Walbaum von Steffen Hahn,
Kornwestheim
Gedruckt und gebunden von Wilhelm Röck,
Weinsberg

Tutuola, Amos:
Der Palmweintrinker und sein toter Palmweinzapfer
in der Totenstadt / Amos Tutuola. Aus d. Engl.
übers. von Walter Hilsbecher. – Stuttgart:
Klett-Cotta, 1986.
  Einheitssacht.: The palm-wine drinkard and his
  dead palm-wine tapster in the Dead's Town < dt. >
  ISBN 3-608-95247-0

Ich war ein Palmweintrinker, seit ich ein Knabe und zehn Jahre alt war. Ich hatte sonst keine Arbeit, mein Leben bestand darin, Palmwein zu trinken. In jenen Tagen kannten wir noch kein Geld außer Muschelgeld, so daß alles sehr billig war, – und mein Vater war der reichste Mann in unserer Stadt.

Mein Vater hatte acht Kinder, ich war der Älteste unter ihnen, alle anderen arbeiteten hart, nur ich war ein Palmweintrinker, wie er im Buch steht. Ich trank Palmwein von morgens bis abends und von abends bis morgens. Ich konnte damals kein gewöhnliches Wasser mehr trinken, nur Palmwein.

Als mein Vater gewahr wurde, was mit mir los war, verpflichtete er einen erfahrenen Palmweinzapfer für mich, der hatte nichts anderes zu tun, als nur jeden Tag Palmwein zu zapfen.

Also gab mir mein Vater eine Farm, die neun Meilen groß war im Quadrat, und sie enthielt 560 000 Palmbäume, und der Palmweinzapfer zapfte einhundertundfünfzig Fäßchen Palmwein an jedem Morgen, aber noch vor zwei Uhr nachmittags hatte ich alles getrunken. Danach ging er und zapfte noch einmal fünfundsiebzig Fäßchen am Abend, die ich in der Nacht trank bis zum andern Morgen. Ich hatte zahllose Freunde in dieser Zeit, sie tranken Palmwein mit mir vom Morgen bis spät in die Nacht. Aber als mein Palmweinzapfer das fünfzehnte Jahr seiner Tätigkeit bei mir vollendete, da starb plötzlich mein Vater, und im sechsten Monat nach dem Tod meines Vaters ging eines Sonntagabends der Zapfer zur Farm, um für mich zu zapfen. Als er dort ankam, kletterte er einen der höchsten Palmbäume hinauf, um zu zapfen, aber während er zapfte, fiel er ganz unerwartet herunter und starb am Fuße der Palme an den Folgen seiner Verletzungen. Ich wartete darauf, daß er mir den Wein bringen würde, aber als ich sah, er kam nicht zeitig zurück und weil er mich vorher nie so lange hingehalten hatte, rief ich zwei meiner Freunde, sie möchten mich begleiten und mit mir zur Farm gehen. Wir kamen auch hin und schauten uns bei jedem Baum um, und nach einer Weile fanden wir ihn unter der Palme, wo er abgestürzt war und gestorben.

Doch bevor ich sonst etwas tat, als ich ihn da tot liegen sah, kletterte ich einen Palmbaum in der Nähe dieses Platzes hinauf, zapfte Wein und trank ihn, bis mein Durst gestillt war, – dann kehrte ich zurück an den Platz. Danach gruben meine Freunde, die mich begleitet hatten, und ich ein Grab unter der Palme und beerdigten ihn dort, – später gingen wir zurück in die Stadt.

Als der frühe Morgen des nächsten Tages anbrach, hatte ich keinen Tropfen Palmwein zu trinken, und den ganzen Tag über fühlte ich mich nicht so fröhlich wie sonst. Ich saß düster in meiner Wohnung, und am dritten Tag ohne Palmwein kamen auch meine Freunde nicht mehr in mein Haus, sie ließen mich allein, ich hatte keinen Palmwein für sie zu trinken.

Doch als ich eine Woche ohne Palmwein in meinem Haus zugebracht hatte, ging ich hinaus, in der Stadt sah ich einen von ihnen, ich grüßte ihn, er antwortete auch, aber er kam nicht zu mir, er machte sich hastig davon.

Ich bemühte mich, einen anderen erfahrenen Palmweinzapfer zu finden, aber ich konnte keinen bekommen, der den Palmwein so zapfte, wie ich es brauchte.

Und weil also kein Palmwein zu trinken mehr da war, begann ich, gewöhnliches Wasser zu trinken, das ich vorher nicht angerührt hatte, – aber ich war nicht so glücklich damit wie mit Palmwein.

Als ich schließlich sah, daß es keinen Palmwein mehr für mich gab und daß kein Mensch da war, der ihn für mich zapfte, da fiel mir ein, daß die alten Leute oft davon redeten: alle Menschen, die gestorben sind in dieser Welt, gingen nicht gleich und sofort in den Himmel – sondern sie lebten an einem Ort irgendwo in dieser Welt weiter. So daß ich mir sagte, ich würde schon herausfinden, wo mein Zapfer, der gestorben war, wäre.

Eines schönen Morgens nahm ich all meine angeborene Zauberkraft mit mir und auch die meines Vaters und verließ die Heimatstadt meines Vaters, um herauszufinden, wo er denn wäre, der gestorbene Zapfer.

Aber zu dieser Zeit gab es viel wilde Tiere, alles Land war von dichtem Busch und von Wäldern bedeckt, Städte und Dörfer waren nicht, wie heute, nah beieinander, – und als ich so von Busch zu Busch und von Wald zu Wald wanderte und Tage und Monate lang in Busch und Wald schlief, da schlief ich auf den Ästen der Bäume, weil Geister usw. wie heimlich-unheimliche Gefährten um mich herum waren und weil ich mein Leben retten wollte vor ihnen. Und es konnte geschehen, daß zwei oder drei Monate vergingen, bevor ich in eine Stadt oder ein Dorf kam. Und jedesmal, wenn ich in ein Dorf oder in eine Stadt kam, blieb ich fast vier Monate dort, um meinen Palmweinzapfer unter den Einwohnern zu finden, und wenn ich ihn nicht fand, machte ich mich auf und setzte meine

Reise in ein anderes Dorf oder eine andere Stadt fort. Im achten Monat schließlich, seit ich fortgegangen war von zuhause, kam ich in eine Stadt und ging in dieser Stadt zu einem alten Mann, der war aber kein richtiger Mann, der war ein Gott und war gerade, als ich ankam, mit seinem Weibe beim Essen. Ich grüßte sie beide, als ich bei ihnen eintrat, sie antworteten mir freundlich, obwohl niemand, der kein Gott war, dort eintreten durfte, aber ich selbst war ja ein Gott und ein Zauberer. Ich erzählte dem alten Mann (Gott), daß ich dabei wäre, nach meinem Palmweinzapfer zu suchen, der vor einiger Zeit in meiner Heimat gestorben sei, aber er sagte nichts auf meine Frage, sondern fragte zuerst einmal nach meinem Namen. Ich antwortete, mein Name sei *Vater der Götter, der alles in dieser Welt tun kann*, er fragte, ob das auch wahr sei, und ich sagte ja. Danach forderte er mich auf, zu seinem einheimischen Grobschmied zu gehen (er sagte nicht: wohin und ob der Grobschmied in dieser oder einer anderen Stadt wohne) und ihm das gewisse Etwas zu bringen, das er bei dem Schmied in Auftrag gegeben habe. Er sagte, wenn ich das fertigbrächte, dann wolle er glauben, daß ich der *Vater der Götter* sei, der alles in dieser Welt tun kann, und dann würde er mir auch sagen, wo mein Zapfer sich aufhielt.

Unverzüglich nachdem der Alte mir das aufgetragen oder versprochen hatte, machte ich mich davon. Aber nachdem ich so ungefähr eine Meile gegangen war, gebrauchte ich meine Zauberkraft (*eines* meiner *dju-djus*), verwandelte mich in einen sehr großen Vogel und flog zurück auf das Dach des Hauses, in dem der alte Mann wohnte. Und als ich auf dem Dach seines Hauses saß, sahen mich viele Leute. Sie kamen näher und schauten hoch zu mir auf dem Dach, so daß der alte Mann, als er bemerkte, wie sie um sein Haus herumstanden und nach dem Dach hinaufschauten, mit seinem Weib vor das Haus kam. Und als er mich (Vogel) sah auf dem Dach, sagte er zu seinem Weib, wenn er mich nicht zu seinem Schmied geschickt hätte, die Glocke zu holen, die der Schmied machen solle, dann würde er mich jetzt auffordern, ihm den Namen des Vogels zu nennen. Da wußte ich, was er vom Schmied haben wollte, und flog zu dem Schmied hin und erzählte ihm, als ich ankam, daß der alte Mann (Gott) mich beauftragt habe, ihm die Glocke zu bringen, die er von ihm, dem Schmied, gemacht haben wollte. Darauf gab der Schmied mir die Glocke, ich kehrte mit ihr zu dem Alten zurück, und als er mich sah mit der Glocke, waren er und sein Weib sehr erstaunt und im Augenblick auch erschrocken.

Er befahl seinem Weib, mir etwas zu essen zu geben, aber nachdem ich gegessen hatte, teilte er mir mit, daß da noch etwas Wunderbares für ihn zu tun sei, bevor er mir verraten könne, wo sich mein Zapfer befände. Und um 6.30 Uhr früh am folgenden Morgen weckte er (der Gott) mich auf und gab mir ein großes, starkes Netz von der gleichen Farbe, von der der Boden der Stadt war. Er trug mir auf, loszugehen und mit diesem Netz *den Tod* aus dem Hause des Todes zu holen. Nachdem ich das Haus des Alten und die Stadt ungefähr eine Meile hinter mir hatte, sah ich eine Straßenkreuzung vor mir, und ich war, als ich die Kreuzung erreichte, im Zweifel: ich wußte nicht, welche der Straßen die Straße des Todes war, doch fiel mir ein, daß Markttag sei und daß die Marktgänger bald zurückkommen würden vom Markt, da legte ich mich auf die Mitte der Kreuzung, in der einen Richtung den Kopf, die Füße entgegengesetzt und die Arme in beide Richtungen der anderen Straßen gestreckt. Danach tat ich so, als ob ich schliefe. Und als die Marktgänger heimkamen vom Markt, sahen sie mich dort liegen, und ich hörte sie rufen: »Wer mag bloß die Mutter dieses närrischen Knaben gewesen sein, er schläft auf der Kreuzung und zeigt mit dem Kopf auf die Straße des Todes.«

Danach begann ich, auf der Straße des Todes zu wandern, und ich brauchte acht Stunden, um bis zum Haus des Todes zu kommen, und war überrascht und bestürzt, niemandem auf dieser Straße begegnet zu sein. Doch als ich sein Haus (das des Todes) erreichte, war er nicht daheim, – er war in seinem Garten (in dem Yams-Wurzeln wuchsen) nahe beim Haus, und ich fand eine kleine runde Trommel in seiner Veranda und schlug sie zum Zeichen der Begrüßung des Todes. Doch als er (der Tod) den Klang der Trommel hörte, sprach er: »Ist der Mensch, der da trommelt, tot oder lebendig?« Und ich antwortete: »Ich bin noch lebendig und kein toter Mann.«

Aber als er das hörte, wurde er sehr zornig, und er befahl der Trommel, die Stricke der Trommel sollten mich binden, – und die Stricke der Trommel banden mich, daß ich kaum atmen konnte.

Und als ich fühlte, daß sie mir nicht erlaubten zu atmen und daß ich überall blutete an meinem Körper, da befahl ich den Fasern des Yams in seinem Garten, ihn zu binden, und die Pfahlwurzeln des Yams sollten ihn schlagen. Und die Fasern des Yams in seinem Garten banden ihn, schnürten ihn ein, und alle Yamswurzeln schlugen ihn, und als er einsah (der Tod), daß sie ihn immer noch mehr schlagen würden, da befahl er den Stricken der Trommel, die mich banden, sie sollten mich freilassen, und im selben Augenblick war ich auch frei. Danach befahl ich den Fasern des Yams, ihn freizulassen, und den Wurzeln des Yams, ihn nicht mehr zu schlagen, und unverzüglich war auch er frei. Und nachdem er auf diese Weise befreit war, kam er zum Haus, wir trafen uns auf der Veranda, schüttelten einander die Hände, er bat mich, ins Haus einzutreten, führte mich in einen der Räume, und nach einer Weile brachte er etwas zu essen, und wir aßen gemeinsam, schließlich begannen wir ein Gespräch, und das Gespräch verlief so:

Er (der Tod) fragte mich, woher ich denn käme? Ich erwiderte, ich käme aus einer Stadt gar nicht so weit von ihm entfernt. Dann fragte er, weswegen ich käme? Ich erzählte ihm, ich hätte in meiner Stadt und überall in der Welt von ihm gehört und deshalb beschlossen, mich eines Tages aufzumachen, um ihn zu besuchen und persönlich kennenzulernen. Darauf erwiderte er, daß sein Werk einzig darin bestünde, die Menschen zu töten, erhob sich, sagte, ich möge ihm folgen, und ich folgte.

Er führte mich dann durch sein Haus und auch durch den Garten, er zeigte mir die Gebeine menschlicher Wesen, die er in den vergangenen hundert Jahren getötet hatte, und noch viele andere Dinge, und ich sah, daß er die Gebeine als Feuerholz benutzte und die Schädel der Menschen als Schalen, Platten und Becher usw.

Niemand lebte dort mit ihm oder in seiner Nähe, er war ganz allein, selbst die Tiere und Vögel des Buschs waren weit weg von seiner Behausung. In der Nacht, als ich zu schlafen wünschte, gab er mir ein weites schwarzes Gewand und einen besonderen Raum, darin sollte ich schlafen. Als ich den Raum betrat, stieß ich auf ein Bett, das aus den Knochen menschlicher Wesen bestand. Aber weil dieses Bett schrecklich anzusehen war und weil es schrecklich war, darin zu schlafen, schließlich auch, weil ich seine (des Todes) List ahnte, legte ich mich unter das Bett. Doch auch unter dem Bett und aus Furcht vor den Knochen der menschlichen Wesen konnte ich nicht schlafen, ich lag da und war wach. Und als es zwei Uhr in der Nacht war, sah ich zu meinem Entsetzen, wie jemand vorsichtig in den Raum herein kam, eine schwere Keule in seinen Händen, und wie er (der Tod) sich dem Bett näherte, das er mir zum Schlafen angewiesen hatte, und dann schlug er das Bett mit der Keule und mit all seinen Kräften, er schlug dreimal mitten hinein in das Bett und zog sich behutsam zurück, er nahm an, ich hätte darin geschlafen, und er glaubte mich getötet zu haben.

Um sechs Uhr früh am kommenden Morgen wachte ich auf und ging in den Raum, in dem er noch schlief, ich weckte ihn, als er meine Stimme hörte, erschrak er, – nicht einmal einen Gruß brachte er heraus, während er aufstand, so sicher hatte er geglaubt, mich in der Nacht getötet zu haben.

In der zweiten Nacht, die ich dort schlief, unternahm er nichts wieder, aber um zwei Uhr wachte ich auf, trat auf die Stelle, die zur Stadt führte, und wanderte ungefähr eine Viertelmeile auf ihr entlang, dann hielt ich an und grub eine Grube von der Größe des Todes in der Mitte der Straße, breitete das Netz über sie, das der alte Mann mir gegeben hatte, um den Tod darin zu fangen, kehrte zum Haus des Todes zurück, ohne daß er erwachte (der Tod), ich war listig wie er.

Um sechs Uhr in der Frühe ging ich an seine Tür, weckte ihn auf wie am Tage vorher und teilte ihm mit, daß ich wieder in meine Stadt heimkehren wolle und daß ich ihn bäte, mich doch ein kurzes Stück zu begleiten. Danach stand er auf und begleitete mich, wie ich ihn gebeten hatte, aber als wir an den Platz kamen, wo ich die Grube ausgehoben hatte, forderte ich ihn auf, sich zu setzen, ich selbst setzte mich an die Seite der Straße, er aber setzte sich auf das Netz und fiel in die Grube, und ohne viel Mühe wickelte ich ihn in das Netz ein, setzte ihn mir auf den Kopf und machte mich auf zu dem Hause des alten Mannes, der mir aufgetragen hatte, ihm den Tod mitzubringen.

Und als ich ihn so auf der Straße entlangtrug (den Tod), da versuchte er mit all seinen Kräften zu fliehen oder auch mich zu töten, aber ich hütete mich, ihm eine Chance zu geben. Und als ich ungefähr acht Stunden gewandert war, erreichte ich die Stadt und ging geradewegs zum Hause des Alten, der mich geheißen hatte, ihm den Tod aus dem Haus des Todes zu bringen. Der Alte war in seinem Raum, als ich ankam, ich rief ihn und teilte ihm mit, ich brächte den Tod, den er mir befohlen habe zu bringen. Aber kaum daß er hörte, ich brächte den Tod, und als er ihn auf meinem Kopf sah, war er furchtbar erschrocken und schlug Lärm, er habe niemals gedacht, jemand könne den Tod aus dem Haus des Todes forttragen, – und dann befahl er mir, ihn (den Tod) auf dem schnellsten Wege zurück in seine Behausung zu bringen, und er (der alte Mann) rannte hastig in sein eigenes Haus und fing an, alle Türen und Fenster zu schließen, aber bevor er noch zwei oder drei seiner Fenster hatte schließen können, warf ich ihm den Tod vor die Tür, und das Netz zerriß augenblicklich in Stücke, und der Tod kam heraus.

Da flohen der alte Mann und sein Weib durch die Fenster, und auch alle Leute der Stadt rannten um ihr Leben davon und ließen all ihr Hab und Gut da. (Der alte Mann hatte gedacht, der Tod würde mich töten, wenn ich zu ihm in sein Haus käme, weil niemand sonst jemals das Haus des Todes erreichte und wieder zurückkam, aber ich hatte die List des alten Mannes erraten.)

Seit diesem Tage jedoch, an dem ich den Tod aus dem Haus des Todes forttrug, hat er (der Tod) keinen festen Platz mehr, wo er wohnt oder bliebe, und wir hören seinen Namen überall in der Welt. Und so war das also, wie ich den Tod zu dem alten Mann brachte, der mir gesagt hatte, ich solle gehen und ihm den Tod bringen, bevor er (der alte Mann) mir verraten würde, wo sich mein Palmweinzapfer befände, nach dem ich auf der Suche gewesen war, bevor ich diese Stadt erreicht hatte und zu dem alten Mann kam.

Aber der alte Mann, der mir versprochen hatte zu sagen, wo mein Palmweinzapfer wäre, wenn ich es fertigbrächte, ihm den Tod aus dem Haus des Todes zu holen, konnte sein Versprechen nicht mehr erfüllen, weil er mit seinem Weibe knapp dem Tode entronnen und nicht mehr in der Stadt war.

Da verließ ich die Stadt, ohne etwas über meinen Zapfer zu wissen, und machte mich erneut auf die Reise.

Und als der fünfte Monat gekommen war, seit ich diese Stadt verlassen hatte, erreichte ich eine andere

Stadt, die nicht so groß war, obwohl es dort einen großen und weithin bekannten Markt gab. Gleich nachdem ich die Stadt betreten hatte, ging ich zum Haus des Stadtoberhaupts und wurde freundlich empfangen. Und nach einer kleinen Weile trug er einer seiner Frauen auf, mir zu essen zu geben, und nachdem ich gegessen hatte, befahl er ihr, mir auch Palmwein zu bringen. Und ich trank Palmwein im Übermaß, als wenn ich noch in meiner Heimatstadt wäre oder als wenn mein Zapfer noch lebte. Und während ich von dem Palmwein kostete, den man mir einschenkte, gestand ich meinen Gastgebern, daß ich bei ihnen bekam, was ich wünschte. Nachdem ich gegessen und mich sattgetrunken hatte an Palmwein, fragte mich das Stadtoberhaupt, dessen Gast ich war, nach meinem Namen, ich sagte ihm, mein Name sei *Vater der Götter*, der alles tun kann in dieser Welt. Und als er das hörte, wurde er fast ohnmächtig vor Furcht. Danach fragte er, was mich zu ihm führe. Ich antwortete, ich sei auf der Suche nach meinem Palmweinzapfer, der in meiner Heimatstadt gestorben sei vor einiger Zeit. Da sagte er mir, er wisse, wo der Zapfer jetzt wäre.

Und er erzählte mir, ich könne ihm helfen, seine Tochter, die von einem seltsamen Wesen vom Markt dieser Stadt entführt worden war, wiederzufinden und zu ihm zu bringen, – dann würde er mir auch verraten, wo sich mein Zapfer befände.

Er fügte hinzu, daß, wenn mein Name *Vater der Götter* sei, der alles in dieser Welt tun kann, es für mich doch nicht schwierig sein könne, seine Tochter zu finden.

Mir war nichts bekannt, daß ein seltsames Wesen seine Tochter mitgenommen hatte vom Markt.

Ich war nahe daran, mich zu weigern: zu gehen und seine Tochter zu suchen, die von dem seltsamen Wesen vom Markt entführt worden war. Doch als ich mich auf meinen Namen besann, schämte ich mich, mich zu weigern, und erklärte mich einverstanden, seine Tochter zu suchen. Es war ein sehr großer Markt in dieser Stadt, von wo die Tochter entführt worden war, und der Markttag war auf jeden fünften Tag festgesetzt, und die ganze Bevölkerung der Stadt und aller Dörfer ringsum und auch Geister und seltsame Wesen aus mancherlei Wäldern und aus diesem oder jenem Busch kamen an jedem fünften Tag auf den Markt, um Waren zu verkaufen oder zu kaufen. Um vier Uhr nachmittags wurde der Markt dann geschlossen, und jedermann machte sich auf nach dem Ort seiner Bestimmung oder kehrte dahin zurück, woher er gekommen war. Die Tochter des Stadtoberhaupts aber trieb ein klein wenig Handel, sie war ein heiratsfähiges Mädchen zu der Zeit, da sie entführt worden war. Schon vorher hatte ihr der Vater zu heiraten nahegelegt, aber sie hatte nicht auf ihren Vater gehört. Er hatte sich daraufhin selbst nach einem Mann für sie umgesehen, doch das Fräulein hatte sich hartnäckig geweigert, den Mann, den ihr der Vater vorstellte, zu heiraten. Danach hatte der Vater sie sich selbst überlassen.

Dieses Fräulein war schön wie ein Engel, aber kein Mann konnte sie zur Heirat bewegen. Und eines Tages ging sie, wie sie es immer getan hatte, am Markttag zum Markt, ihre Waren verkaufen. Da sah sie an diesem Markttag auf dem Markt ein seltsames Wesen, einen Mann, den sie niemals vorher gesehen hatte und von dem sie nicht wußte, woher er kam.

*Beschreibung des
seltsamen Wesens:*

Er war ein schöner vollkommener Herr, er trug die feinsten und kostbarsten Kleider, alle Teile seines Körpers waren vollendet, er war ein großer, aber kräftiger Mann. Wie er so auf den Markt kam an diesem Tag, – wäre er ein verkäufliches Tier oder eine Ware gewesen, er hätte mindestens £ 2 000 (zweitausend Pfund Sterling) gebracht. Im gleichen Augenblick, da das Fräulein ihn sah, fragte sie ihn auch schon, wo er denn lebe. Aber der feine Herr gab ihr gar keine Antwort, er kümmerte sich überhaupt nicht um sie. Als sie aber merkte, daß er keine Notiz von ihr nahm, ließ sie ihre Waren im Stich, begann den Weg des vollendeten Herrn über den Markt zu verfolgen und verkaufte nichts mehr.

Nach und nach schloß der Markt für den Tag, und die Leute auf dem Markt machten sich auf den Heimweg, auch der vollendete Herr schickte sich an, zum Ort seiner Bestimmung zu gehen, – aber da ihm das Fräulein die ganze Zeit über mit den Augen gefolgt war, sah sie, wie er seinen Heimweg antrat, und sie ging hinter ihm (dem vollendeten Herrn) her, einem unbekannten Ziel zu. Doch wie sie dem vollendeten Herrn so die Straße entlang folgte, forderte er sie auf, umzukehren oder doch wenigstens ihm nicht mehr zu folgen, das Fräulein hörte aber nicht auf das was er sagte, und als es der vollendete Herr müde geworden war, ihr zu sagen, sie möge nicht folgen und umkehren, da ließ er sie folgen.

*»Folge nicht
dem unbekannten
schönen Mann«*

Als sie aber ungefähr zwölf Meilen vom Markte entfernt waren, verließen sie die Straße, auf der sie gewandert waren, und begannen, in einen endlosen Wald einzudringen, den nur schreckliche Wesen bewohnten.

*»Gib die Teile des Körpers
den Besitzern zurück,
oder: die geliehenen Teile vom Körper
des vollendeten Herrn
sind zurückzuerstatten«*

Wie sie nun so in diesem endlosen Walde dahingingen, begann der vollkommene Herr vom Markt, dem das Fräulein folgte, die geliehenen Teile seines Körpers den Eigentümern zurückzugeben und ihnen das Leihgeld dafür zu zahlen. Als sie dahin kamen, wo er den linken Fuß ausgeliehen hatte, zog er ihn aus, gab ihn dem Eigentümer zurück, zahlte, und sie gingen weiter. Als sie dorthin kamen, wo er den rechten Fuß ausgeliehen hatte, zog er ihn aus, gab ihn dem Eigentümer und zahlte. Nun waren beide Füße zurück an die Besitzer gegeben, und er fing an, auf der Erde zu kriechen, – da hatte das Fräulein den Wunsch, umzukehren in ihre Stadt und zu ihrem Vater, aber das schreckliche und seltsame Wesen erlaubte ihr's nicht, umzukehren in ihre Stadt und zu ihrem Vater und sagte:

»Ich hatte dir gesagt, du sollst mir nicht folgen, bevor wir noch in diesen Wald einbogen, der allein den schrecklichen und seltsamen Geschöpfen gehört. Aber erst als ich ein unvollkommener Herr wurde, ein halber Mann mit einem verkrüppelten Körper, da wolltest du gehen, das ist nun vorbei, das hast du versäumt. Außerdem hast du ja noch gar nichts gesehen. Jetzt folgst du mir.«

Und so gingen sie weiter und kamen dahin, wo er den Bauch, die Rippen, die Brust und das andere ausgeliehen hatte, und er zog Bauch, Rippen, Brust und das andere aus, gab es dem Eigentümer und zahlte die Miete.

Da blieben dem Herrn oder schrecklichen Wesen allein der Kopf mit dem Hals und beide Arme, und er konnte auch nicht mehr kriechen wie vorher, sondern kam nur noch hüpfend voran wie ein Ochsenfrosch, und nun wurde das Fräulein beinahe ohnmächtig beim Anblick dieses furchtbaren Wesens, dem sie gefolgt war. Und sie begann, wie sie so sah, daß aber auch jeder Teil dieses vollendeten Herrn vom Markt gemietet oder ausgeliehen war und zurückgegeben wurde an die Besitzer, – begann alles zu versuchen, damit sie zurückkehren könne zur Stadt ihres Vaters, aber das furchtbare Wesen erlaubte ihr's nicht.

So kamen sie an die Stelle, wo er beide Arme geliehen hatte, er zog sie aus, gab sie dem Eigentümer und zahlte dafür. Und immer weiter gingen sie in diesem endlosen Wald, sie kamen an den Ort, wo der Hals ausgeliehen war, und er zog ihn aus, gab ihn dem Eigentümer, und auch für ihn zahlte er.

»Ein vollständiger Herr bis auf den Kopf zusammengeschrumpft«

Nun war der vollkommene Herr bis auf den Kopf zusammengeschrumpft, und sie kamen an den Ort, wo er die Haut und das Fleisch des Kopfes ausgeliehen hatte, er gab sie zurück, zahlte dem Eigentümer und war jetzt (der vollendete Herr vom Markt) nur noch ein *Schädel*, und dem Fräulein verblieb einzig die Gesellschaft des Schädels. Und als das Fräulein das sah: daß sie nur noch mit einem Schädel zusammen war, da begann sie davon zu sprechen, daß ihr Vater ihr nahegelegt habe zu heiraten, aber daß sie nicht auf ihn gehört und ihm nicht vertraut habe.

Und sie drohte, angesichts des Herrn, der zum Schädel geworden war, ohnmächtig zu werden, aber der Schädel sagte ihr nur, wenn sie sterben würde, würde sie sterben und würde ihm doch zu seinem Haus folgen müssen. Und gleich nachdem er das zu ihr gesagt hatte, fing er an, mit einer schrecklichen Stimme wie ein Brummkreisel zu brummen, und die Stimme wuchs mächtig an, so daß jemand, der zwei Meilen entfernt war, ihn gehört hätte, ohne lauschen zu müssen, – da rannte das Fräulein weg in den Wald um ihr Leben, aber der Schädel verfolgte sie und holte sie nach ein paar Yards wieder ein, denn er war sehr flink und geschickt und konnte Sprünge machen von einer Meile, bevor er den Boden berührte. Er fing das Fräulein, indem er sie überholte und ihr den Weg wie ein Baumstumpf versperrte.

Und so folgte das Fräulein dem Schädel zu seinem Haus, aber das Haus war eine Höhle unter der Erde.

Als sie ankamen, traten sie ein in die Höhle. Und es waren nur Schädel, die darin lebten. Und während sie die Höhle betraten, befestigte er eine einzelne Muschel am Halse des Fräuleins mit einer Art Schnur, danach brachte er einen riesigen Frosch, auf den sie sich als Stuhl niederließ, und einem Schädel von seiner Art gab er eine Pfeife und den Auftrag, achtzuhaben auf dieses Fräulein, wenn sie davonlaufen wolle. Denn der Schädel wußte bereits, daß das Fräulein versuchen würde, aus seiner Höhle zu fliehen. Dann aber ging er in den hinteren Raum der Höhle, wo seine Familie sich tagsüber aufhielt.

Eines Tages jedoch versuchte das Fräulein tatsächlich, aus der Höhle zu fliehen, aber im gleichen Augenblick, da der Schädel, der das Fräulein bewachte, den anderen Schädeln im Hintergrund der Höhle pfiff, kamen sie alle herausgestürzt an die Stelle, wo das Fräulein sonst auf dem Ochsenfrosch saß, und fingen sie ein, und wie sie so alle herausgestürzt kamen, rollten sie über den Boden, als wenn tausend Petroleumfässer eine gepflasterte Straße entlanggerollt würden. Nachdem sie das Fräulein gefangen hatten, brachten sie sie zurück auf den Frosch. Und wenn der Schädel, der sie bewachte, in Schlaf fiel und das Fräulein zu entkommen versuchte, würde nun die Muschel, die an ihrem Halse befestigt war, den Schädel, der das Fräulein bewachte, mit einem schrecklichen Lärm alarmieren, so daß der Schädel sofort aufwachen würde, und dann käme der Rest der Schädelfamilie zu Tausenden aus dem Hintergrund der Höhle gestürzt, und sie würden mit einer seltsamen und furchtbaren Stimme fragen, was sie denn wolle.

Aber das Fräulein würde gar nicht antworten können, weil sie stumm war von dem Augenblick an, da man ihr die Muschel befestigt hatte am Hals.

Der Vater der Götter
soll herausfinden,
wo die Tochter
des Stadtoberhaupts ist

Als nun der Vater des Fräuleins nach meinem Namen gefragt und ich ihm gesagt hatte, mein Name sei *Vater der Götter*, der alles in dieser Welt tun kann, da versprach er mir, daß, wenn ich herausfinden würde, wo seine Tochter war, und sie zu ihm brächte, er mir auch verriete, wo sich mein Palmweinzapfer befände. Und als er das sagte, sprang ich vor Freude darüber auf, daß er versprach mir zu sagen, wo mein Zapfer sich aufhielt. Und ich erklärte mich einverstanden mit seinem Vorschlag. Vater und Mutter des Fräuleins wußten nicht, wo sie war, ihre Tochter, aber man hatte ihnen gesagt, das Fräulein sei einem feinen und vollkommenen Herrn vom Markt nachgegangen. Und da ich der *Vater der Götter* war, der alles in dieser Welt tun kann, opferte ich, als es Nacht war, meiner Zauberkraft eine Ziege.

Früh am anderen Morgen ließ ich mir vierzig Fäßchen Palmwein kommen, und nachdem ich sie alle leergetrunken hatte, machte ich mich auf, um herauszubekommen, wo das Fräulein sich aufhielt. Und weil gerade Markttag war, begann ich meine Nachforschungen auf dem Markt. Da ich aber ein Zauberer war (ein *dju-dju*-Mann), kannte ich die Art und Herkunft aller Leute vom Markt. Pünktlich um neun Uhr früh kam der vollkommene Herr (er war wirklich vollkommen), dem das Fräulein gefolgt war, wieder zum Markt, und als ich ihn sah, wußte ich gleich, daß er ein seltsames und schreckliches Wesen war.

> *»Man sollte das Fräulein*
> *nicht tadeln,*
> *daß sie mit dem Schädel ging,*
> *den sie für einen*
> *vollkommenen Herrn hielt«*

Ich konnte das Fräulein nicht dafür tadeln, daß sie dem Schädel in seiner Gestalt eines vollkommenen Herrn bis zu seinem Hause gefolgt war. Denn wenn ich selbst ein Fräulein gewesen wäre: ganz ohne Zweifel wäre ich auch seinen Spuren gefolgt, wohin sie immer geführt hätten. Und selbst da ich ein Mann war, war ich mehr als eifrig darauf bedacht. Denn dieser Herr war so schön: wäre er auf ein Schlachtfeld gegangen, kein Feind hätte ihn getötet oder gefangengenommen, gewiß nicht, und wenn Bomber ihn in einer Stadt gesehen hätten, die bombardiert werden sollte, sie hätten, solange er anwesend war, keine Bombe geworfen, – oder wenn sie es getan hätten, die Bombe wäre nicht explodiert, bis er heraus aus der Stadt war, so schön war er. Und deshalb –, als ich diesen Herrn an jenem Tag auf dem Markt sah, konnte ich nicht anders, als ihm überallhin zu folgen. Und nachdem ich ihn so viele Stunden angesehen hatte, rannte ich in eine Ecke des Marktes und mußte minutenlang weinen, weil ich dachte: warum bin ich nicht so schön wie dieser Herr? Doch als ich mich darauf

besann, daß er nur ein Schädel war, da dankte ich
Gott, daß er (Gott) mir keine Schönheit gegeben hat,
und ging zurück auf den Markt und wurde doch gleich
wieder angezogen von seiner Schönheit. Als aber der
Markt für diesen Tag schloß und jedermann aufbrach
nach dem Ort seiner Bestimmung, brach auch der
Herr auf, und ich folgte ihm, um zu erfahren, wo er
nun eigentlich lebe.

*»Nachforschung
bis zum Haus
der Familie des Schädels«*

  Als ich ungefähr zwölf Meilen mit ihm zurückgelegt hatte, verließ der Herr die richtige Straße, auf der
wir gewandert waren, und bog in einen endlosen
Wald ein, in den ich ihm folgte. Aber da ich nicht gesehen werden wollte, wie ich ihm folgte, gebrauchte ich
meine Zauberkraft (mein *dju-dju*), die mich in eine
Eidechse verwandelte, und folgte ihm so. Und nachdem ich ungefähr fünfundzwanzig Meilen mit ihm
durch diesen endlosen Wald gewandert war, begann
er, sich der Teile seines Körpers zu entledigen, sie den
Eigentümern zurückzugeben und zu bezahlen.

  Und nach weiteren fünfzig Meilen Wegs in diesem
Wald erreichte er seine Behausung und betrat sie, ich
aber betrat sie mit ihm, denn ich war eine Eidechse.
Und das erste, was er tat, als er in sein Haus kam (die
Höhle), war, geradewegs zu dem Fräulein zu gehen,
und ich sah das Fräulein auf einem Ochsenfrosch sitzen, mit der Muschel am Hals, und hinter ihr den
Schädel, der sie bewachte. Nachdem er (der Herr)

sich überzeugt hatte, daß das Fräulein noch da war, ging er in den Hintergrund der Höhle zu seiner Familie, die dort vollzählig arbeitete.

*»Die wunderbaren
Taten des Spähers
im Haus der
Familie des Schädels«*

Als ich das Fräulein erkannt hatte, und als der Schädel, der sie hierhergebracht hatte und dem ich vom Markt bis zur Höhle gefolgt war, in den Hintergrund ging, da verwandelte ich mich wieder in den Menschen, der ich war, und sprach zu dem Fräulein, aber sie konnte nicht antworten, sie bedeutete mir nur, in was für einer ernsten Lage sie war. Der Schädel mit der Pfeife, der sie bewachte, schlief gerade zu dieser Zeit.

Aber zu meinem Schrecken machte die Muschel, die an dem Halse des Fräuleins befestigt war, als ich dem Fräulein half, sich von dem Frosch, auf dem sie saß, zu erheben, plötzlich einen merkwürdigen Lärm, und als der Schädel, der sie beobachten sollte, das Geräusch hörte, wachte er auf und blies in seine Pfeife, und alle anderen Schädel stürzten heraus und umringten das Fräulein und mich, und als sie mich sahen, rannte einer von ihnen augenblicklich zu einer Grube, die gar nicht weit weg war von diesem Ort, – diese Grube war mit Muscheln gefüllt. Er nahm eine Muschel heraus, rannte auf mich zu, und alle drängten sich, die Muschel an meinem Hals anzubringen. Aber bevor sie das tun konnten, hatte ich mich in Luft verwandelt, sie hatten jede Spur von mir verloren, ich aber konnte sie sehen. Ich nahm an, daß ihre Macht auf den Muscheln in der Grube beruhte und daß sie damit die Kraft jedes menschlichen Wesens verminderten, wenn es ihnen gelang, eine Muschel an seinem Hals zu befestigen und ihm so auch die Sprache zu nehmen.

Erst eine Stunde nachdem ich mich in Luft aufgelöst hatte, gingen die Schädel in den Hintergrund der Höhle zurück, doch es blieb der Schädel, der das Fräulein bewachte.

Nachdem sie in die hintere Höhle zurückgekehrt waren, verwandelte ich mich wieder in den Menschen, der ich sonst war, dann hob ich das Fräulein auf von dem Frosch. Doch in dem gleichen Augenblick, als ich sie berührte, begann wieder die Muschel an ihrem Halse zu lärmen, in vier Meilen Entfernung hätte sie jemand ohne Mühe gehört, und sofort als der Schädel, der das Fräulein bewachte, das Geräusch hörte und sah, wie ich das Fräulein von seinem Froschsitz aufhob, blies er seine Pfeife für die übrigen Schädel in der hinteren Höhle. Sofort hörte die ganze Schädelfamilie die Pfeife, die nach ihnen rief, und ebensoschnell stürzten sie heraus, aber bevor sie noch ankamen, hatte ich die Höhle verlassen und war schon im Wald. Doch nachdem ich ungefähr einhundert Yards in dem Wald zurückgelegt hatte, waren auch die Schädel heraus aus der Höhle und hinter mir her, während ich mit dem Fräulein davonlief. Und indem die Schädel mich in dem Walde herumhetzten, rollten sie über den Boden wie schwere Steine und brummten dazu mit einem schrecklichen Brummen. Als ich aber einsah, daß sie mich bald einholen würden, –

oder daß sie vielmehr, wenn ich versuchte, so weiter zu laufen, mich einholen würden, da verwandelte ich das Fräulein in ein Kätzchen und steckte es in meine Tasche und verwandelte mich selbst in einen ganz kleinen Vogel, so was wie einen Sperling.

Danach flog ich fort, aber während ich durch den Himmel flog, lärmte noch immer die Muschel am Halse des Fräuleins, ich versuchte mein Bestes, das Geräusch zum Verstummen zu bringen, doch war alles vergebens. So erreichte ich die Stadt mit dem Fräulein, ich verwandelte sie zurück in das Fräulein, das sie in Wirklichkeit war, und verwandelte auch mich in den Mann, der ich war. Und als ihr Vater sah, daß ich seine Tochter heimbrachte, da war er ganz überaus glücklich und sagte: »Du bist der *Vater der Götter*, wie du mir damals gesagt hast.«

Aber auch jetzt, wo das Fräulein daheim war, machte die Muschel an ihrem Hals noch immer den schrecklichen Lärm, und das Fräulein konnte mit niemandem sprechen. Sie ließ sich lediglich anmerken, daß sie sehr froh war, zu Hause zu sein. Da hatte ich nun also das Fräulein nach Hause gebracht, aber sie konnte nicht sprechen, nicht essen oder die Muschel von ihrem Hals lösen, und das schreckliche Geräusch der Muschel erlaubte keinem Menschen zu schlafen oder zu ruhen.

»Es bleiben noch größere Taten zu tun«

Nun ging ich daran, die Schnur, mit der die Muschel angebracht war, vom Halse des Fräuleins zu nehmen, um das Fräulein damit wieder zum Essen und Sprechen zu bringen, aber all meine Anstrengungen waren umsonst. Schließlich versuchte ich alles, die Schnur zu zerschneiden: das brachte nur kurz das Geräusch zum Verstummen, aber es war mir unmöglich, die Schnur von ihrem Nacken zu lösen.

Als ihr Vater meine Bemühungen sah, dankte er mir sehr und wiederholte noch einmal, daß, wenn ich mich *Vater der Götter* nannte, der alles in dieser Welt tun kann, ich auch das restliche Werk, das noch zu tun sei, tun sollte. Aber als er so sprach, fühlte ich mich beschämt und dachte bei mir, daß, wenn ich zur Höhle der Schädel zurückkehrte, sie mich vielleicht töteten und daß es sehr gefährlich war, im Walde zu wandern, und daß ich auch wiederum nicht so einfach zu den Schädeln in ihrer Höhle gehen konnte und fragen, wie man die Muschel vom Halse des Fräuleins löst und das Fräulein wieder zum Sprechen bringt und zum Essen.

»Zurück zum Haus der Schädelfamilie«

Am dritten Tag, nachdem ich das Fräulein zu ihrem Vater heimgebracht hatte, kehrte ich zurück in den endlosen Wald, um weiterzuforschen. Ungefähr eine Meile, bevor ich die Höhle der Schädel erreichte, sah ich eben den Schädel, dem in der Gestalt eines vollkommenen Herrn das Fräulein vom Markt bis zur Höhle der Schädelfamilie gefolgt war, und als ich ihn sah, verwandelte ich mich in eine Eidechse und lief einen Baum in seiner Nähe hinauf.

Er stand vor zwei Pflanzen, trennte ein einzelnes Blatt von der einen, hielt das Blatt in der rechten Hand und sprach vor sich hin: »Da man mir das Fräulein nun einmal genommen hat, – solange ihr niemand dieses Blatt zu essen gibt, wird sie nicht wieder sprechen.« Danach warf er das Blatt auf die Erde. Dann trennte er ein anderes einzelnes Blatt von der anderen Pflanze, die an demselben Platz stand wie die erste, hielt das zweite Blatt in der linken Hand und sagte, daß, wenn es dem Fräulein nicht zu essen gegeben würde, die Muschel an ihrem Hals nicht gelöst werden könne und daß sie dann ewig ihren schrecklichen Lärm machen würde.

Und nachdem er das gesagt hatte, warf er das Blatt am selben Ort nieder und hüpfte davon. Als er weit genug war (glücklicherweise war ich gerade da, als er all diese Dinge tat, und sah, wo er die beiden Blätter hingetan hatte), verwandelte ich mich wieder in den Mann, der ich war, ging zu der Stelle, wo er die beiden Blätter hingelegt hatte, hob sie auf und kehrte sofort um.

Im Hause des Vaters kochte ich die beiden Blätter, jedes für sich, und gab sie ihr zu essen. Zu meiner freudigen Überraschung begann das Fräulein sogleich zu sprechen. Und nachdem sie das zweite Blatt gegessen hatte, löste sich die Muschel, die ihr der Schädel am Halse befestigt hatte, von selbst und verschwand augenblicklich. Als ihr Vater und ihre Mutter das Wunder sahen, das ich für sie getan hatte, brachten sie mir fünfzig Fäßchen Palmwein herbei, gaben mir das Fräulein zur Frau und zwei Räume im Haus, um darinnen zu leben. Und so hatte ich also das Fräulein von dem vollendeten Herrn auf dem Markt, der später zu einem Schädel zusammengeschrumpft war, erlöst, und das Fräulein wurde mit diesem Tag meine Frau. So war es, wie ich zu einer Frau kam.

Und nachdem ich das Fräulein zu meiner Frau genommen hatte und sechs Monate mit den Eltern meiner Frau gemeinsam verbracht hatte, erinnerte ich mich an meinen Palmweinzapfer, der nun schon vor so langer Zeit gestorben war in meiner Heimat, und ich bat den Vater meiner Frau, sein Versprechen doch jetzt zu erfüllen und mir zu verraten, wo mein Zapfer denn wäre, – aber er riet mir, noch eine Weile zu warten. Denn er wußte natürlich, daß, wenn er mir den Ort gleich genannt hätte, ich unverzüglich seine Stadt verlassen und seine Tochter mitgenommen hätte, und er trennte sich ungern von seiner Tochter.

So verbrachte ich drei Jahre mit ihm in der Stadt, und in dieser Zeit zapfte ich selbst Palmwein für mich, aber selbstverständlich konnte ich ihn nicht in der Menge zapfen, die ich zu trinken wünschte, obwohl mir meine Frau half, den Wein von der Farm in die Stadt zu tragen. Als ich schließlich dreieinhalb Jahre in der Stadt zugebracht hatte, stellte ich fest, daß der Daumen an der linken Hand meiner Frau aufschwoll und dadurch aussah wie eine Boje, – doch litt sie keine Schmerzen dabei. Eines Tages aber – sie folgte mir zu der Farm, wo ich den Palmwein für mich zapfte – brach der geschwollene Daumen, als er den Dorn einer Palme berührte, plötzlich auf, und zu unserem Erstaunen sahen wir einen Knaben herauskommen, der im gleichen Augenblick, da er herauskam, auch schon zu sprechen begann, als wenn er zehn Jahre alt wäre.

Und noch in der ersten Stunde, nachdem er den

Daumen verlassen hatte, wuchs er heran zu einer Größe von drei Fuß und einigen Zoll, und seine Stimme klang schon so kräftig und klar, als ob jemand den Amboß mit einem Stahlhammer schlüge. Und das erste was er tat war, seine Mutter zu fragen: »Weißt du auch meinen Namen?« Meine Frau sagte nein, da wendete er sein Gesicht mir zu und fragte mich dasselbe, und ich sagte auch nein. Da sagte er, sein Name sei *Zurrjir*, und das bedeutete, daß unser Sohn sich sehr bald in etwas anderes verwandeln würde. Als er uns aber diesen Namen nannte, war ich sehr erschrokken, weil es ein schrecklicher Name war, und die ganze Zeit, während er mit uns sprach, trank er den Palmwein, den ich gezapft hatte. Bevor noch fünf Minuten vergangen waren, hatte er drei Fäßchen von vier leergetrunken. Heimlich dachte ich bei mir, wie wir das Kind auf der Farm lassen und in die Stadt rennen könnten, weil doch jedermann gesehen hatte, daß nur der Daumen der linken Hand meiner Frau geschwollen war, nicht aber der Teil ihres Körpers, wo andere Frauen schwanger werden. Aber während ich das dachte, nahm dieses seltsame Kind das letzte Fäßchen Palmwein, goß den Wein durch eine Öffnung in der linken Seite des Kopfes und ging geradewegs auf die Stadt zu, obwohl doch niemand ihm die Straße gezeigt hatte, die zur Stadt führte. Wir standen beisammen und sahen, wie der Knabe so ging, – dann nach einer kleinen Weile folgten wir ihm, sahen ihn aber nicht mehr, bevor wir in die Stadt kamen. Zu unserer Überraschung betrat er ohne Zögern das Haus, in welchem wir wohnten. Er betrat es, grüßte jedermann, den er im Haus traf, als ob er ihn längst kennte, und fragte sofort nach etwas zu essen. Man gab ihm zu essen, und er aß. Und nachdem er gegessen hatte, ging er in die Küche, und alles, was er dort zu essen vorfand, aß er auch auf.

Als aber ein Mann in der Küche ihn den letzten Rest, der für den Abend vorbestimmt war, aufessen sah, sagte der Mann, er solle die Küche verlassen. Doch der Knabe blieb in der Küche, und statt zu gehorchen fing er an, sich mit dem Manne zu schlagen. Dieses merkwürdige Kind prügelte den Mann so sehr, daß er nicht mehr hören und sehen konnte und fluchtartig die Küche verließ. Der Knabe aber blieb in der Küche.

Da all die andern im Hause gesehen hatten, was der Knabe dem Mann angetan hatte, schlugen sie sich mit ihm. Aber während der Knabe mit ihnen kämpfte, zerschlug er alles am Boden in Stücke, selbst die Haustiere tötete er, – und all die vielen Leute, die mit ihm kämpften, konnten ihn nicht besiegen. Ein wenig später kamen wir von der Farm in das Haus, und im Augenblick, da der Knabe uns sah, ließ er ab von den Leuten, mit denen er kämpfte, kam auf uns zu, deutete auf uns und sagte zu jedem im Hause: wir wären sein Vater und seine Mutter. Da er aber alles, was für den Abend zubereitet gewesen war, aufgegessen hatte, begannen wir, neues Essen zu kochen, doch als es Zeit war, es vom Feuer zu nehmen, nahm er es selbst und fing im gleichen Augenblick, obwohl es sehr heiß war, an es zu essen und hatte es, bevor wir ihn hindern konnten, vertilgt, – wir taten, was wir konnten, es ihm zu entreißen, aber das gelang uns beileibe nicht.

Das war wirklich ein seltsames Kind. Wenn hundert Männer sich mit ihm geschlagen hätten, – auch sie hätte es verprügelt, bis sie davongerannt wären. Und wenn es auf einem Stuhl saß, konnten wir ihn nicht rücken. Stark wie Eisen war dieser Knabe, – wenn er irgendwo stand, bewegte ihn niemand vom Platz. Er war von nun an der Herr in unserem Hause, manchmal befahl er uns, bis in die Nacht hinein nichts zu essen, manchmal trieb er uns mitten in der Nacht aus dem Haus, und manchmal zwang er uns, mehr als zwei Stunden lang vor ihm auf der Erde zu liegen.

Und da er stärker war als jedermann in der Stadt, ging er herum in der Stadt und begann, die Häuser der Stadtoberhäupter in Schutt und Asche zu legen. Die Leute in der Stadt aber, die diese Verwüstungen sahen und sein böses Wesen durchschauten, forderten mich (seinen Vater) auf, mit ihnen zu erörtern, wie man ihn aus der Stadt hinaustreiben könne, – da sagte ich den Leuten, ich wüßte schon wie. Und eines Nachts, um ein Uhr, als ich feststellte, daß er in seinem Raum schlief, goß ich Öl rund ums Haus und über das Dach, und da das Dach mit Blättern gedeckt war und wir die Trockenzeit hatten, legte ich Feuer ans Haus und schloß die Türen und Fenster, die er selbst nicht geschlossen hatte beim Schlafengehen. Noch bevor er erwachte, war ein großes Feuer ums Haus und auf dem Dach, der Rauch hinderte ihn, sich zu retten, und er verbrannte mit dem Haus zu Asche.

Als wir sahen, der Knabe war zu Asche verbrannt, da waren wir und alle Leute in der Stadt glücklich, und die Stadt hatte Frieden. Und nun drang ich in den Vater meiner Frau, mir zu sagen, wo mein Palmweinzapfer wäre, und er sagte es mir.

»Auf dem Weg an einen unbekannten Ort«

Noch am selben Tag, nachdem mir der Vater meiner Frau den Ort genannt hatte, an dem mein Zapfer sich aufhielt, forderte ich meine Frau auf, all unsere Habe zusammenzupacken, sie tat es, und in der Frühe des folgenden Tages, als wir aufgewacht waren, begannen wir, dem unbekannten Ort, wo mein Zapfer sein sollte, entgegenzuwandern. Als wir aber ungefähr zwei Meilen gewandert waren, sagte meine Frau, sie habe ihren goldenen Schmuck in dem Haus, das ich zu Asche verbrannt hatte, gelassen, sie sagte, sie habe vergessen, ihn herauszunehmen, bevor das Haus niederbrannte. Und sie sagte, sie würde zurückgehen und ihn herausholen. Ich sagte ihr, er wäre zusammen mit dem Haus zu Asche verbrannt. Da meinte sie, es wäre doch ein Metall und könne nicht zu Asche verbrennen, und sie sagte, sie ginge zurück, ihn zu suchen. Ich bat sie, nicht umzukehren, aber sie weigerte sich standhaft, und als ich sie zurückgehen sah, folgte ich ihr. Als wir ankamen, nahm sie einen Stock und begann, damit in der Asche zu scharren, und auf einmal sah ich, wie sich in der Mitte der Asche etwas erhob, und im selben Augenblick erschien da ein halbleibiges Kind, das mit leiser Stimme sprach, wie ein Telefon.

Doch als wir die Asche sich erheben und zu einem halben Kind werden sahen, und als dieses halbe Kind auch noch mit leiser Stimme sprach, da wollten wir gehen. Es sagte aber (das Kind) zu meiner Frau, sie möchte es mitnehmen, sie möchte warten und es mitnehmen, und als wir nicht anhielten, befahl es, unsere

Augen sollten erblinden. Und im selben Augenblick, als es das sagte, wurden wir blind. Trotzdem kehrten wir nicht um und nahmen es mit, – sondern gingen weiter. Da befahl es, unser Atem solle stillstehen, – und tatsächlich, kaum hatte es davon gesprochen, stand unser Atem still. Und da endlich, als wir nicht mehr ein- und ausatmen konnten, kehrten wir um und nahmen es mit uns. Und als wir dann so die Straße entlanggingen, sagte es zu meiner Frau, sie solle es auf ihrem Kopf tragen, und kaum war es auf dem Kopf meiner Frau, da fing es an zu pfeifen, als wäre es vierzig Personen. Wir erreichten ein Dorf, hielten an und kauften vom Nahrungsmittelhändler etwas zu essen, denn wir waren, bevor wir dorthin kamen, schon hungrig gewesen, aber als wir mit dem Essen anfangen wollten, gestattete uns das Kind nicht zu essen, statt dessen nahm es selbst unsere Nahrung und schlang sie hinunter, wie ein Mann eine Pille verschluckt, so daß der Händler, als er das sah, davonlief und alle seine Nahrungsmittel zurückließ. Das Kind aber kroch hin und verschlang auch sie.

So hinderte uns dieses halbleibige Kind am Essen, und wir rührten die Nahrung nicht an. Die Leute des Dorfes aber, die das Kind bei uns sahen, vertrieben uns aus dem Dorf. Und so setzten wir unsere Wanderung fort, und als wir ungefähr sieben Meilen gewandert waren, kamen wir in eine Stadt. Auch dort machten wir halt und kauften uns Nahrung, doch wieder erlaubte uns das Kind nicht, sie zu essen. Wir waren sehr ärgerlich und wollten uns das Essen erzwingen, aber es gab wieder seine Befehle, und alles, was es befahl, geschah mit uns, da ließen wir es die Nahrung verschlingen.

Auch die Leute der Stadt, die das Kind bei uns sahen, trieben uns mit Hilfe ihrer Zauberkraft weg, – sie sagten, wir trügen einen Geist mit uns herum, und sie wollten keinen Geist in ihrer Stadt haben. Genauso ging es uns in allen anderen Städten und Dörfern, wo wir schlafen wollten und essen, überall jagten sie uns unverzüglich davon, und die Nachricht von uns drang in alle Dörfer und Städte. So konnten wir nur noch die Wege von Busch zu Busch wandern, weil jeder von dem Mann und der Frau gehört hatte, die ein halbleibiges Kind mit sich schleppten, einen Geist, für den sie irgendeinen Ort suchten, wo sie ihn absetzen und wegrennen könnten.

Da wurden wir schließlich sehr hungrig und machten, als wir durch den Busch wanderten, alle möglichen Anstrengungen, den kleinen Plagegeist irgendwo niederzusetzen und zu verlassen, doch er gestattete es nicht. Darauf hofften wir, er würde in der Nacht schlafen, aber er schlief keineswegs. Und was das Schlimmste war: seit meine Frau ihn auf ihren Kopf gesetzt hatte, ließ er sich nicht wieder absetzen. Uns verlangte nach Schlaf, aber er wollte nur immer weitergetragen werden. Während der ganzen Zeit, die er auf dem Kopf meiner Frau saß, schwoll sein Bauch wie eine gewaltige Blase, weil er viel zuviel Nahrung zu sich genommen hatte, und doch war er nicht satt, er hätte alle Nahrung dieser Welt aufessen können, ohne jemals gesättigt zu sein. So wanderten wir also auch in der Nacht durch den Busch, und meine Frau stöhnte unter der Last dieses Kindes, – wenn wir es zu dieser Zeit auf eine Waage gesetzt hätten, es hätte wenigstens 28 Pfund gewogen. Und als ich sah, daß meine Frau müde wurde und nicht die

Kraft hatte, das Kind noch länger zu tragen, nahm ich es ihr ab, aber ich brachte es kaum fertig, das Kind nur eine Viertelmeile zu tragen. Ich war unfähig, mich noch zu bewegen, ich war in Schweiß gebadet, doch selbst jetzt gestattete uns dieses halbleibige Kind nicht, es niederzusetzen und zu ruhen.

O wie sollten wir nur diesem schrecklichen Kinde entrinnen! Aber Gott ist so gut, und als wir es in dieser Nacht so hin und her trugen im Busch, da schien es uns plötzlich, als wenn irgendwo im Busch irgendwer musizierte, und das Kind befahl uns, es dorthin zu tragen, von wo wir die Musik hörten. Und bevor eine Stunde vergangen war, kamen wir hin.

Drei göttliche Wesen
nahmen uns unsere Sorge ab,
es waren:
Trommel, Tanz und Gesang

Wir trugen es also zu dem Platz, von wo wir die Musik gehört hatten, und sahen dort die Wesen, die wir *Trommel, Tanz* und *Gesang* nannten, – sie waren es selbst in Person und lebende Wesen wie wir. Und im Augenblick, als wir dort ankamen, kam das Kind mit dem halben Leib herunter von meinem Kopf, und wir dankten Gott. Und kaum war es herunter, da gesellte es sich auch schon zu den drei Wesen. Dann fing *Trommel* an, sich selbst zu schlagen, und das war, als wenn fünfzig Männer sie schlügen, und als *Gesang* anfing zu singen, da war es, als wenn hundert Leute im Chor sängen, und als *Tanz* zu tanzen begann, begannen auch gleich das Kind mit dem halben Körper, meine

Frau und ich und Geister und alles mit ihm zu tanzen und jeder, der diese drei sah oder hörte, konnte nicht anders: er mußte ihnen folgen, wohin sie gingen. Und so folgten wir alle den dreien und tanzten mit ihnen durch den Busch, tanzten gute fünf Tage ohne Aufenthalt oder Essen, bis wir an einen Ort kamen, an dem eine Siedlung aus Lehm von diesen Wesen erbaut war.

Zwei Soldaten standen vor dieser Siedlung, die hielten uns an vor dem Eingang, und nur die drei Wesen, *Trommel, Tanz* und *Gesang*, und das halbleibige Kind durften eintreten. Wir sahen sie danach nicht wieder. (Wir hatten ihnen auch gar nicht dorthin folgen wollen, aber wir hatten, als wir mit ihnen durch den Busch tanzten, keine Gewalt über uns.)

So zeigte sich, daß in dieser Welt niemand die Trommel schlagen kann wie *Trommel* selbst, daß niemand tanzen kann wie *Tanz* selbst und daß niemand singen kann, wie *Gesang* selbst singen kann. Wir verließen die drei wunderbaren Wesen um zwei Uhr in der Nacht. Und nachdem wir sie und unser halbes Kind verlassen hatten, machten wir uns von neuem auf den Weg, aber wir wanderten zwei Tage lang, bevor wir in eine Stadt kamen, in der wir anhielten und erst einmal zwei Tage ruhten. Da wir aber ohne einen Pfennig waren, noch bevor wir die Stadt erreicht hatten, überlegte ich mir, wie wir zu Geld kommen könnten für unser Essen usw. Und nach einer Weile fiel mir mein Name ein: *Vater der Götter*, der alles in dieser Welt tun kann. Und da dort ein breiter Strom war, der die Hauptstraße, die zur Stadt führte, kreuzte, sagte ich zu meiner Frau, sie solle mir folgen. Und als wir an den Strom kamen, fällte ich einen Baum und schnitt daraus ein Paddel, gab es meiner Frau und befahl ihr, mit mir in das Wasser zu steigen. Und während wir in den Strom hinaustraten, rief ich meine Zauberkraft an, eines meiner *dju-djus*, das ich von einem gütigen Geist hatte, der mein Freund war, und unverzüglich verwandelte mich das *dju-dju* in ein großes Kanu. Danach stieg meine Frau mit dem Paddel in das Kanu und paddelte es. Sie benutzte das Kanu als Fähre und trug Reisende über den Strom, das Fährgeld betrug 3 Pence für Erwachsene und die Hälfte für Kinder. Abends schließlich verwandelte ich mich zurück in den Mann, der ich war, und als wir das Geld zählten, das meine Frau eingenommen hatte an diesem Tag, da waren es 7 Pfund 5 Shilling 3 Pence. Danach gingen wir zurück in die Stadt und kauften uns, was wir brauchten.

Am kommenden Morgen, so um vier Uhr herum, bevor noch die Menschen der Stadt erwacht waren, so daß sie unser Geheimnis nicht erfahren konnten, gingen wir wieder hin an den Fluß, ich tat, was ich am Tage vorher getan hatte, und meine Frau setzte das angefangene Werk fort. An diesem Tag kamen wir um sieben Uhr abends zurück in die Stadt. Und so blieben wir einen Monat lang in dieser Stadt und taten den ganzen Monat hindurch täglich dasselbe, und als wir das Geld zählten, das wir während dieses Monats eingenommen hatten, waren es 56 Pfund 11 Shilling 9 Pence.

Danach verließen wir fröhlich die Stadt, machten uns erneut auf die Reise, aber nachdem wir ungefähr achtzig Meilen außerhalb der Stadt gewandert waren, trafen wir auf Banden von Straßenräubern, die uns mächtig beunruhigten. Und als ich bedachte, daß die

Gefahren dieser Straße zum Verlust unseres Geldes oder gar zum Verlust des Geldes und unseres Lebens führen könnten, da wichen wir aus in den Busch. Doch auch das Wandern im Busch war sehr gefährlich, weil wilde Tiere und Riesenschlangen darin waren, unzählig wie Sand.

»Luftreise«

Da forderte ich meine Frau auf, mit all unseren Habseligkeiten auf meinen Rücken zu springen, und gebot meiner Zauberkraft, rief mein *dju-dju*, das ich von der *Wassergeistfrau* im Busch der Geister her hatte. Und so wurde ich ein Vogel, groß wie ein Flugzeug, und flog davon mit meiner Frau, ich flog fünf Stunden, bis ich wieder niederging, nachdem ich die gefährliche Zone passiert hatte. Und obwohl es schon vier Uhr war, als ich auf die Erde zurückkam, setzten wir unsere Reise zu Land oder Fuß fort. Um acht Uhr abends erreichten wir schließlich die Stadt, in der, wie der Vater meiner Frau mir gesagt hatte, mein Palmweinzapfer sein sollte.

Und als wir dort ankamen, fragte ich bei den Leuten der Stadt nach meinem Zapfer, der in meiner Heimat gestorben war vor langer Zeit. Aber sie antworteten mir, mein Zapfer habe ihre Stadt schon vor zwei Jahren verlassen. Da bat ich sie, mir zu sagen, in welcher Stadt er denn nun sei, und sie teilten mir mit, daß er nun in der *Totenstadt* sei und daß er dort in der Totenstadt mit Toten lebe, – sie sagten, daß diese Stadt sehr, sehr weit weg sei und daß nur Tote dort lebten.

Da sahen wir ein, daß wir zur Totenstadt gehen

müßten, – wir konnten ja nicht einfach umkehren in die Stadt meiner Frau und ihres Vaters, aus der wir gekommen waren. Und so verließen wir diese Stadt nach dem dritten Tag seit unserer Ankunft, doch gab es von hier aus zur Totenstadt keine Straße und keinen Pfad, denn noch niemals war jemand von hier aufgebrochen nach dort.

> *»Keine Straße, das heißt:*
> *von Busch zu Busch*
> *in die Totenstadt wandern«*

An dem Tag, an dem wir aus der Stadt aufbrachen, legten wir fast vierzig Meilen zurück durch den Busch, und als es 6.30 Uhr nachmittags war, kamen wir in sehr dichten Busch, es war dort so dicht, daß selbst eine Schlange nicht durchgleiten konnte, ohne sich zu verletzen.

So hielten wir an, es war auch dunkel, und wir konnten nicht mehr gut sehen. Wir legten uns schlafen, aber als es ungefähr zwei Uhr in der Nacht war, sahen wir ein Geschöpf, entweder war's ein Gespenst oder ein anderes unfreundliches Wesen, wir konnten's nicht sagen, es kam auf uns zu, es war weiß, wie mit weißer Farbe bestrichen, weiß vom Fuß bis zum Scheitel, aber es hatte weder Kopf noch Füße und Hände wie ein menschliches Wesen, nur ein einziges sehr großes Auge in der Höhe des Kopfes. Es war ungefähr eine Viertelmeile lang und sechs Fuß im Durchmesser, es glich einer weißen Säule. Als ich es erblickte, wie es so auf uns zukam, überlegte ich, was ich tun könnte, um es aufzuhalten, da fiel mir ein Zauber ein, den mir mein Vater vermacht hatte, bevor er starb.

Dieser Zauber konnte mich, wenn ich einem Gespenst oder einem anderen bösartigen Wesen begegnete bei Nacht, in ein großes Feuer verwandeln, und das Feuer würde die bösartigen Geschöpfe fernhalten von mir. Ich gebrauchte den Zauber, und er brannte das weiße Gespenst, aber bevor er es zu Asche verbrannte, sahen wir auf einmal ungefähr neunzig Geschöpfe derselben Art wie dieses lange weiße Gespenst, alle kamen sie zu uns (dem Feuer), und nachdem sie das Feuer erreicht hatten (uns), umringten sie es, krümmten und neigten sich gegen das Feuer, und dabei riefen sie alle: »Kalt! kalt! kalt!« und so weiter. Und nachdem sie das Feuer umringt hatten, zeigten sie keine Lust mehr, es zu verlassen, obwohl sie dem Feuer (uns) nichts anhaben konnten. Sie wärmten sich nur an dem Feuer, und sie waren mit dem Feuer über alle Maßen zufrieden und damit, bei ihm zu verweilen, so lange es nur für sie dableiben würde. Natürlich hatte ich gedacht, wir würden sicher sein, wenn wir uns in Feuer verwandelten, – jedoch keineswegs. Und als ich überlegte, wie wir diese weißen Gespenster loswerden könnten, fiel mir ein, daß sie vielleicht weggehen würden, wenn wir anfingen, uns zu bewegen, denn seit zwei Uhr nachts bis zehn Uhr morgens wärmten sie sich nun schon an dem Feuer und machten keinerlei Anstalten, zum Essen oder dahin zu gehen, woher sie kamen. (Natürlich konnte ich nicht genau sagen, ob sie sich von anderen Wesen ernährten.)

Glaubt aber nicht, daß, weil wir uns in Feuer verwandelt hatten, wir uns nicht hungrig gefühlt hätten,

– wir hatten sogar sehr großen Hunger, obwohl wir Feuer waren. Aber wenn wir uns zurückverwandelt hätten in Menschen, hätten die weißen Geschöpfe eine Möglichkeit gehabt, uns zu töten oder zu quälen.

Da begannen wir also, uns fortzubewegen, aber die weißen Geschöpfe bewegten sich auch, sie folgten dem Feuer, bis wir aus dem Busch heraustraten, und erst als wir den Busch verlassen und ein großes Feld erreicht hatten, kehrten sie um in den Busch. Natürlich wußten wir's nicht, aber diese langen weißen Geschöpfe waren an ihren Busch gefesselt, sie konnten seine Grenzen nicht überschreiten, und deshalb folgten sie uns auch nicht auf das Feld, obwohl sie das Feuer sehr mochten. Aber auch die Geschöpfe des Feldes durften nicht in den Busch. Auf diese Weise also kamen wir frei von den langen weißen Gespenstern.

Als wir uns von den weißen Gespenstern befreit hatten, setzten wir unsere Reise fort durch das Feld. Es hatte keine Bäume, keine Palmen, nur lange wilde Gräser wuchsen darauf, sie glichen Getreidepflanzen, die Ränder ihrer Blätter waren scharf wie Rasierklingen und behaart. Wir wanderten in diesem Feld bis fünf Uhr abends, dann hielten wir Ausschau nach einem passenden Platz, um bis zum Morgen zu schlafen.

Und als wir so schauten, sahen wir einen *Termitenbau*, er glich einem Schirm, war drei Fuß hoch und kremfarben. Wir legten unser Gepäck unter ihn, rasteten ein paar Minuten und dachten schließlich daran, Feuer zu machen, um unser Essen zu kochen, denn wir waren sehr hungrig. Weil aber kein trockenes Holz in der Nähe war, standen wir auf und entfernten uns von dem Platz, um Holz für das Feuer zu sammeln. Aber als wir uns von dort entfernten, trafen wir auf eine Erscheinung. Es war der Form nach eine weibliche Erscheinung, sie kniete, und auch sie hatte die Farbe von Krem. Nachdem wir Feuerholz gesammelt hatten, kamen wir zurück zu dem Termitenbau, wir machten dort Feuer, kochten unsere Nahrung und aßen. Und um acht Uhr ungefähr legten wir uns am Fuße des Termitenbaues schlafen, aber wir konnten nicht schlafen, wir waren voll Furcht, und etwa um elf Uhr in der Nacht hörten wir etwas, als wenn wir mitten auf einem Markt wären, wir lauschten angestrengt, doch bevor wir noch unsere Köpfe erhoben, befanden wir uns schon auf dem Markt. Wie konnten wir wissen, daß der Termitenbau, unter dem wir unser Gepäck abgestellt, Feuer gemacht und zu schlafen versucht hatten, der Herr dieses Markts war, – wir hatten ihn einfach für einen Termitenbau gehalten.

Da packten wir schnell unsere Habe, um den Platz zu verlassen, vielleicht konnten wir uns noch in Sicherheit bringen, aber noch während wir packten, hatten uns die Geschöpfe des Feldes umringt und ergriffen uns wie Polizisten, also folgten wir ihnen, und auch der Termitenbau (der Eigentümer des Markts), unter dem wir uns schlafen gelegt hatten, folgte. Er folgte uns hüpfend, er hatte keine Füße, nur einen ganz kleinen Kopf hatte er, groß wie der Kopf eines Säuglings von einem Monat, – und als wir an die Stelle kamen, wo die weibliche Erscheinung kniete, stand diese auf und folgte uns auch.

Nachdem wir zwanzig Minuten gegangen waren, erreichten wir den Palast ihres Königs. Jedoch war der König nicht dort, als wir ankamen.

Der Palast war fast über und über unter Abfall verborgen, er glich einem alten verfallenen Haus, er war sehr verwahrlost. Die Geschöpfe des Feldes warteten, als ihr König nicht da war, ungefähr eine halbe Stunde auf ihn, dann kam er, – doch als wir ihn sahen (meine Frau und ich), schien er uns selbst Abfall zu sein, denn er war beinahe ganz und gar mit Blättern bedeckt, frischen Blättern und trockenem Laub, und wir konnten weder seine Füße noch sein Gesicht oder sonst etwas sehen. Er betrat den Palast, kam und setzte sich auf den Abfall. Danach stellte sein Volk uns ihm vor und beschuldigte uns, unbefugt ihre Stadt betreten zu haben. Er fragte sie, wer und was denn diese beiden Dummköpfe wären, doch die Leute antworteten ihm, sie könnten sie durchaus nicht beschreiben, sie hätten niemals zuvor solche Wesen gesehen. Da meine Frau und ich bis dahin kein Wort von uns gegeben hatten, dachten sie, wir könnten nicht sprechen, und der König gab einem von ihnen einen zugespitzten Stab, um uns damit zu stechen, vielleicht würden wir Schmerz empfinden und reden. Und der, dem der König den Stab gegeben hatte, tat, was ihm sein König befohlen hatte zu tun. Doch als er uns unbarmherzig mit dem Stab stach, fühlten wir Schmerzen und schrien. Im selben Augenblick aber, da sie unsere Stimme vernahmen, lachten sie über uns, als wenn eine Bombe zerplatzte, und wir lernten in dieser Nacht *das Lachen* selbst kennen, denn nachdem jeder einzelne von ihnen aufgehört hatte zu lachen, hörte *das Lachen* noch lange nicht auf, für zwei Stunden. Und weil *das Lachen* über uns lachte in dieser Nacht, vergaßen meine Frau und ich unsere Schmerzen und lachten mit ihm, denn es lachte mit seltsamen Stimmen, die wir niemals zuvor in unserem Leben gehört hatten. Wir wußten die Zeit nicht, die wir mit ihm verlachten, aber wir lachten einzig über das Lachen *des Lachens*, und niemand, der es lachen gehört hätte, hätte nicht lachen müssen, und jemand, der (oder die) fortgefahren wäre, mit *dem Lachen* zu lachen, die oder der wäre vor Lachen gestorben oder in Ohnmacht gefallen, weil Lachen der Beruf *des Lachens* ist, von dem es sich nährt. Schließlich baten sie *das Lachen*, es möge aufhören zu lachen, aber das konnte es nicht. Einige Zeit später befahl der König den Geschöpfen des Feldes, die noch niemals zuvor menschliche Wesen gesehen hatten, uns zu ihren Kriegsgöttern zu bringen. Als ich das hörte, war ich sehr froh, denn ich selbst war ja *Vater der Götter*. Die Geschöpfe des Feldes stießen uns, wie ihr König gesagt hatte, zu ihren Kriegsgöttern hin, sie selbst wagten dem Gott nicht nahe zu kommen, weil dann niemand von ihnen lebend zurückgekehrt wäre. Und nachdem sie uns ihrem Gott ausgeliefert hatten und zurückgegangen waren zum Markt, und da der Gott sprechen konnte und ich selbst *Vater der Götter* war und die Geheimnisse aller Götter kennengelernt hatte, da sprach ich zu diesem Gott mit einer besonderen Stimme, er fügte uns kein Leid zu, statt dessen entließ er uns aus dem Bereich dieses Feldes. Wenn er sprach, brach ihm heißer Dampf aus Nase und Mund wie aus einem mächtigen Dampfkessel, und seine Atemzüge kamen in Abständen von fünf Minuten. So verließen wir das Feld und die Geschöpfe des Feldes.

Die »Geisterinsel«

Nun setzten wir unsere Reise durch neuen Busch fort, er war voller Sümpfe und Inseln, aber die

Bewohner der Inseln waren sehr gütig, – als wir zu ihnen kamen, empfingen sie uns freundlich und gaben uns ein reizendes Haus in ihrer Stadt, darin sollten wir wohnen. Die Insel hieß *Geisterinsel*, sie erhob sich sehr hoch und war gänzlich von Wasser umgeben. Das Inselvolk war sehr freundlich, alle liebten einander, außer daß sie ihre Nahrung anbauten, hatten sie keine Arbeit, darüber hinaus gab es nur Tanz und Musik. Sie waren die schönsten Geschöpfe in der Welt der seltsamen Wesen und die wundervollsten Tänzer und Musiker, Tag und Nacht tanzten sie und machten Musik. Und da die Witterung der Insel günstig für uns war und wir das Gefühl hatten, wir sollten nicht gleich wieder gehen, tanzten wir mit ihnen und taten ganz so, wie sie taten. Hätten sich diese Inselgeschöpfe gekleidet, man hätte annehmen können, sie wären menschliche Wesen und ihre Kinder spielten ein Spiel auf der Bühne. Während wir mit ihnen lebten, wurde ich ein Farmer und zog viele Arten Getreide. Eines Tages aber, als die Ernte reif war, sah ich ein schreckliches Tier auf die Farm kommen, das fraß das Getreide. Einmal traf ich es morgens und schickte mich an, es von der Farm zu vertreiben, freilich konnte ich nicht nahe herangehen, denn es war groß wie ein Elefant. Seine Krallen waren zwei Fuß lang, sein Kopf zehnmal gewaltiger als sein Körper. Es hatte ein mächtiges Maul voll großer Zähne, diese Zähne waren ein Fuß lang und dick wie das Horn eines Ochsen, sein Körper war überall mit langem schwarzem Haar gleich dem Schwanzhaar eines Pferdes bedeckt. Es war sehr, sehr schmutzig. Auf seinem Kopf hatte es fünf Hörner, sie waren geschwungen und standen waagerecht zum Kopf, seine vier

Füße waren dick wie ein Holzklotz. Und da ich es nicht wagen konnte, zu ihm zu gehen, warf ich aus großer Entfernung Steine nach ihm, aber bevor noch der erste Stein es erreichte, war es schon bei mir und machte sich bereit, mit mir zu kämpfen.

Da überlegte ich, wie ich dem furchtbaren Tier nur entkäme. Ich hatte ja nicht gewußt, daß es der Besitzer des Landes war, auf dem ich das Getreide gepflanzt hatte, und in diesem kritischen Augenblick war es zornig, weil ich ihm nicht geopfert hatte, bevor ich dort Korn pflanzte. Als ich aber begriff, was es von mir wollte, schnitt ich etwas von der Ernte und gab es ihm, und als es sah, was ich ihm gab, machte es mir ein Zeichen, ich solle seinen Rücken besteigen, ich bestieg seinen Rücken, und in diesem Augenblick hatte ich keine Furcht mehr vor ihm. Danach trug er mich zu seinem Haus, das nicht so sehr weit weg von der Farm war. Als wir ankamen, kniete es nieder, ich stieg von seinem Rücken herab, danach betrat es sein Haus und brachte aus dem Haus vier Körner Mais, vier Körner Reis und vier Okra-Samen und gab sie mir, dann ging ich zurück auf die Farm und pflanzte sie alle zugleich. Und siehe da, die Körner und Samen begannen zu keimen, innerhalb fünf Minuten waren sie ausgewachsene Pflanzen geworden, und nach abermals zehn Minuten hatten sie Frucht angesetzt, und die Frucht war gereift, ich pflückte sie und ging zurück in die Stadt (auf der Geisterinsel).

Als aber die Pflanzen ihre letzten Früchte hervorgebracht hatten und getrocknet waren, schnitt ich sie und bewahrte die Samen als eine Empfehlung auf für die Zeit, in der wir wieder durch den Busch wandern würden.

»Nicht zu klein
für einen Auftrag«

O es gab eine Menge wunderbarer Geschöpfe in jener Zeit! Eines Tages rief der König der Geisterinsel die ganze Bevölkerung, Geister und schreckliche Wesen, auf, ihm beim Jäten seines Kornfeldes, das zwei Quadratmeilen groß war, zu helfen. Und an einem schönen Morgen versammelten wir uns, gingen zum Kornfeld und jäteten es, kehrten dann zum König zurück und teilten ihm mit, daß wir sein Kornfeld gejätet hatten, er dankte uns und gab uns Speise und Trank.

Aber eines steht fest: kein Wesen ist zu klein, um nicht zu einer Hilfeleistung aufgefordert zu werden. Wir ahnten nicht, daß augenblicklich, nachdem wir das Feld verlassen hatten, ein winziges Geschöpf, das vom König nicht mit uns zum Jäten ausersehen worden war, auf das Feld ging und allem Unkraut, das wir gejätet hatten, befahl, wieder zu wachsen, als wenn es nicht gejätet worden wäre.

Es sprach so zu dem Unkraut: »Der König der Geisterinsel bat alle Geschöpfe der Geisterinsel, nur mich ließ er aus, deshalb erhebe sich alles gejätete Unkraut wieder, – und laßt uns gehen und tanzen zu einer ›Band‹ auf der Geisterinsel, und wenn die ›Band‹ nicht ertönt, laßt uns selbst wohlklingende Musik machen und tanzen.«

Im Augenblick aber, als das winzige Geschöpf dies dem Unkraut befahl, erhob sich das Unkraut, und das Feld sah aus, als ob auf ihm zwei Jahre lang nicht gejätet worden wäre. Früh am kommenden Morgen ging der König aufs Feld, um sein Korn zu besichtigen, da fand er zu seinem Erstaunen das Feld ungejätet, er kehrte zurück in die Stadt, rief uns alle zusammen und fragte, warum das Feld nicht gejätet worden sei. Wir antworteten, wir hätten es am Tage vorher gejätet, doch der König sagte nein, es sei nicht gejätet. Da gingen wir alle aufs Feld, um unsere Arbeit zu bezeugen, aber wir sahen: das Feld war nicht gejätet, wie der König gesagt hatte. Danach versammelten wir uns wieder und jäteten wie am Tage zuvor, kehrten zum König zurück und meldeten ihm, nun sei es gejätet. Als aber der König hinkam aufs Feld, fand er es ungejätet wie vorher, kam zurück in die Stadt und beschuldigte uns wieder, wir hätten sein Feld nicht gejätet. Wir rannten daraufhin auf das Feld und fanden es ungejätet. Wir versammelten uns ein drittes Mal und gingen es jäten, doch als wir dieses Mal fertig waren, hießen wir einen von uns sich im Busch nahe beim Felde verbergen, und bevor dreißig Minuten vergangen waren, sah er ein winziges Geschöpf, gerade so groß wie ein eintägiges Baby, – und dieses Geschöpf befahl dem Unkraut, sich zu erheben, wie es das auch vorher getan hatte. Da gab der von uns, der im Busch verborgen gelegen und das winzige Geschöpf beobachtet hatte, sich die allergrößte Mühe, es zu fangen, und fing es auch und brachte es zum König. Und als der König es sah, rief er uns alle in seinen Palast.

Der König fragte, wer dem gejäteten Unkraut befohlen habe, sich – nachdem das Feld gejätet war – wieder zu erheben. Da antwortete das winzige Geschöpf: es selbst habe dem Unkraut befohlen, sich zu erheben, weil der König alle Wesen der Geisterinsel (Stadt) erwählt habe, nur es nicht. Doch wenn es auch das kleinste von allen Wesen der Stadt sei, so habe es doch die Macht, Unkraut usw., das gejätet worden sei, wieder wachsen zu lassen, als wenn es nicht gejätet worden sei. Da sagte der König, er habe nur vergessen, das kleine Wesen mit aufzurufen, er habe das nicht wegen seiner kleinen Erscheinung getan.

Und der König entschuldigte sich bei ihm, danach ging es weg. Es war wirklich ein sehr merkwürdiges winziges Wesen.

Nachdem wir (meine Frau und ich) achtzehn Monate auf dieser Geisterinsel zugebracht hatten, ließen wir wissen, daß wir unsere Reise fortsetzen wollten, weil wir sonst nie den Ort unserer Bestimmung erreichten. Da aber die Geschöpfe der Insel sehr freundlich waren, gaben sie meiner Frau viele kostspielige Dinge zum Geschenk mit, wir schnürten unsere Bündel, und eines Morgens früh fuhr uns die ganze Bevölkerung der Geisterinsel in einem großen Kanu hinaus, und alle sangen das Abschiedslied, während sie den Strom entlang paddelten. Nachdem sie uns bis zu ihrer Grenze begleitet hatten, hielten sie an, wir stiegen aus ihrem Kanu, sie kehrten unter lieblichem Gesang und Musik in ihre Stadt zurück und wünschten uns Lebewohl. Wenn es in ihrer Macht gestanden hätte, hätten sie uns bis zum Ort unserer Bestimmung gebracht, aber es war ihnen verboten, das Land oder den Busch anderer Geschöpfe zu betreten.

Während wir uns, zu unserer Genugtuung, aller guten Dinge auf dieser Geisterinsel erfreut hatten, waren uns doch viele große Aufgaben zu lösen geblieben. Und so begannen wir unsere Wanderung in einen anderen Busch, doch erinnert euch, daß es dort überall im Busch weder Straße noch Weg gab, worauf wir hätten wandern können.

Wir drangen ein in den Busch, und als wir ungefähr zwei Meilen darin gewandert waren, begannen wir zu bemerken, daß es in diesem Busch bei all den vielen Bäumen keine welken Blätter, kein trockenes Holz und keinen Abfall auf dem Boden gab, wie in jedem anderen Busch. Da wir sehr hungrig waren, legten wir unser Gepäck am Fuß eines Baumes ab. Dann sahen wir uns nach Stücken von trockenem Holz um, mit denen wir Feuer machen könnten, aber es war nichts zu finden. Doch zu unserer Überraschung war da überall im Busch ein lieblicher Geruch, es war ein Geruch, als wenn Kuchen und Brot gebacken und Geflügel oder Fleisch gebraten würden. Gott war so gut: wir sogen den Geruch ein, er sättigte uns, und wir fühlten uns nicht mehr hungrig. Dieser Busch war ein Geil-Busch: innerhalb einer Stunde, seitdem wir uns am Fuß des Baumes niedergelassen hatten, wurde der Boden, auf dem wir saßen, so heiß, daß wir nicht länger sitzen bleiben konnten. Da nahmen wir unser Gepäck und setzten unseren Weg fort.

Und als wir so weitergingen in diesem Geil-Busch, sahen wir einen Teich, wir bogen von unserem Weg ab auf ihn zu, um sein Wasser zu trinken, aber in unserer Gegenwart verdunstete es, gleichgültig gegen unseren Durst, und ringsum war kein lebendes Wesen zu sehen. Da verließen wir den Ort, als wir sahen, daß der Boden dieses Buschs zu heiß war, um darauf bis zum Morgen zu stehen, zu sitzen oder zu schlafen, und daß der Busch es nicht litt, wenn jemand länger als nötig dort blieb, – verließen ihn und gingen weiter und sahen auf unserem Weg viele Palmbäume ohne Blätter, mit kleinen Vögeln anstelle der Blätter, und all diese Palmbäume standen in einer Reihe. Der erste, an dem wir vorbeikamen, war sehr groß, und als wir vor ihm auftauchten, lachte er, so daß der zweite ihn fragte, warum er denn lache. Der erste antwortete, er sähe da zwei lebende Wesen in ihrem Busch, aber sobald wir den zweiten erreichten, lachte der auch über uns und so laut, daß jemand, der fünf Meilen entfernt gewesen wäre, es gehört hätte, – und dann lachten sie alle zusammen über uns, und der ganze Busch schallte, als wenn ihn der Lärm eines großen Marktes erfüllte, denn sie standen in einer Reihe. Als ich aber meinen Kopf hob und nach ihren Kronen sah, stellte ich fest, daß sie Köpfe hatten, und die Köpfe waren künstliche Köpfe, doch sie sprachen wie menschliche Wesen, wenn auch in einer seltsamen Sprache, und alle rauchten sie sehr große und lange Pfeifen, wie sie so auf uns niederschauten, – natürlich konnten wir nicht sagen, wo sie die Pfeifen her hatten. Wir erschienen ihnen so merkwürdig, weil sie niemals zuvor menschliche Wesen gesehen hatten.

Wir hatten daran gedacht, hier zu schlafen, aber es war – bei ihrem Lärm und Gelächter – unmöglich zu schlafen oder zu bleiben. Nachdem wir den Geil-Busch verlassen hatten, kamen wir um 1.30 Uhr ungefähr in der Nacht in einen Wald und schliefen dort unter einem Baum bis zum Morgen, und nichts geschah uns während der Nacht, doch wir hatten seit dem Tag nichts gegessen, an dem wir die Geisterinsel verlassen hatten, die schönste Insel in der Welt der seltsamen Wesen. Die Nacht war herum, wir wachten unter unserem Baum auf und machten ein Feuer, über dem wir unser Essen kochten, dann aßen wir, aber bevor wir damit fertig waren, sahen wir Tiere des Waldes hin und her rennen und sahen eine Menge

Vögel die Tiere jagen, – diese Vögel fraßen das Fleisch der Tiere des Waldes. Sie waren ungefähr zwei Fuß lang, und ihre Schnäbel waren noch einmal einen Fuß lang und so scharf wie ein Schwert.

Wenn diese Vögel sich über die Tiere, um ihr Fleisch zu fressen, hermachten, sahen wir innerhalb einer Sekunde fünfzig Löcher im Leib dieser Tiere, und einen Augenblick später fielen die Tiere nieder und starben, und es dauerte nicht länger als zwei Minuten, bis die Vögel die Leiber der toten Tiere aufgefressen hatten, und sobald das geschehen war, gingen sie dazu über, neue Tiere zu jagen. Als uns aber die Vögel dort sitzen sahen, wo wir saßen, starrten sie uns wild und erstaunt an, und ich dachte, sie könnten es mit uns machen wollen wie mit den Tieren, – da sammelte ich trockenes Laub und legte Feuer daran, danach stattete ich es mit Zauberkraft aus, die ich von meinem Freund hatte, dem doppelköpfigen Wesen aus dem *Busch der Geister*, 2. Geisterbezirk. Und der Rauch trieb alle Vögel in wenigen Minuten hinweg. Danach konnten wir tagsüber, so weit uns unsere Füße trugen, durch diesen Wald wandern, und als die Nacht kam, setzten wir uns unter einem Baum nieder und legten unsere Lasten ab. Immer wenn es Nacht war, war ein Baum unser Obdach, unter dem wir uns niederließen und schliefen. Und als wir uns unter diesem Baum niedergelassen hatten und an die Gefahren der Nacht dachten, sahen wir einen *Raubgeist*, der war so groß wie ein Flußpferd, aber er ging aufrecht wie ein menschliches Wesen. Sein aufrechter Gang machte seinen Körper dreimal so groß, sein Kopf war genau wie der Kopf eines Löwen, und alle Teile seines Leibes waren mit harten Schuppen bedeckt, diese

Schuppen waren von der Größe einer Schaufel oder Hacke, und alle waren sie zu seinem Leib hin gewölbt. Wenn dieser Raubgeist seine Beute rauben wollte, sah er sie ganz einfach an, dabei blieb er auf seinem Platz stehen, er jagte keine Beute umher, aber wenn er die Beute scharf ins Auge gefaßt hatte, dann schloß er seine mächtigen Augen, und bevor er sie wieder öffnete, war seine Beute schon tot und schleppte sich selbst zu ihm hin, an den Platz, auf dem er stand. Als dieser Raubgeist sich uns näherte, stand er noch ungefähr achtzig Yards von uns weg und blickte uns an mit seinen Augen, aus denen ein Lichtstrahl von der Farbe des Quecksilbers brach.

Und als dieses Licht auf uns schien, wurde uns plötzlich heiß, wir fühlten uns, als wenn wir in Schweiß gebadet wären, und meine Frau wurde von der Hitze ohnmächtig. Ich aber betete zu Gott, diesen Raubgeist nicht die Augen schließen zu lassen, denn wenn er sie geschlossen hätte, wären wir zugrunde gegangen. Aber Gott ist so gut: der Geist dachte in diesem Augenblick nicht daran, seine Augen zu schließen, ich selbst litt unter der Hitze der Augen und war nah am Ersticken. Da sah ich einen Büffel in der Nähe vorbeiziehen, der Raubgeist schloß seine Augen, der Büffel starb, schleppte sich zu ihm, und der Geist begann ihn zu verzehren. Das war die Chance, dem Geist zu entwischen, doch meine Frau war in Ohnmacht gefallen, ich schaute mich um und sah einen Baum mit vielen Zweigen, den erkletterte ich mit meiner Frau und ließ unsere Lasten am Fuße des Baums. Zu meiner Überraschung hatte der Geist den toten Büffel in vier Minuten aufgefressen, und sofort heftete er den Lichtstrahl seiner Augen auf die Stelle, an der wir gesessen hatten, bevor wir den Baum hinaufkletterten. Er fand dort nichts außer unserem Gepäck. So richtete er die Flut seines Blickes auf das Gepäck, und das Gepäck schleppte sich zu ihm, doch als er es aufschnürte, fand er nichts Eßbares darin. Danach wartete er auf uns fast bis zum Anbruch des Tages, als er aber sah, er würde uns doch nicht bekommen, ging er hinweg.

Da ich meine Frau die Nacht durch gepflegt hatte, ging es ihr am Morgen wieder sehr gut. Wir stiegen vom Baum herunter, packten unser Gepäck und machten uns gleich wieder auf unseren Weg. Vor fünf Uhr nachmittags hatten wir den Busch hinter uns gelassen. Und so war es, wie wir dem Raubgeist entkamen.

Wir setzten unsere Wanderung fort in einem neuen Busch mit anderen Geschöpfen, dieser Busch war kleiner als der, den wir hinter uns gelassen hatten, und war auch sonst sehr von ihm verschieden, denn wir stießen nun auf sehr viele Häuser, die vor Hunderten von Jahren zerstört worden waren, doch das Eigentum jener, die es verlassen hatten, hatte sich erhalten, als gebrauchten sie es noch jeden Tag. Wir sahen ein Bildwerk in sitzender Haltung auf einem flachen Stein, das hatte zwei lange Brüste mit tiefen Augen und war unheimlich und schrecklich anzusehen. Dann gingen wir weiter durch die zerstörte Stadt, und wir sahen ein anderes Bildwerk, es trug einen Korb voller Kolanüsse, und ich nahm eine Nuß, doch zu unserem Erstaunen hörten wir, als ich die Nuß nahm, eine Stimme, die sprach: »Nimm sie nicht! Laß sie dort!« – aber ich gehorchte der Stimme nicht. Ich nahm die Nuß, und wir gingen, da sahen wir – und das überraschte uns wieder – einen Mann, der ging rückwärts, seine beiden Augen hatte er auf den Knien, seine beiden Arme kamen aus seinen Schenkeln und waren länger als seine Beine und konnten die Spitze eines jeden Baumes erreichen. Und er trug auch eine Peitsche. Und als wir schnell davongingen, jagte er uns mit der Peitsche, so daß wir um unser Leben zu laufen begannen, aber er jagte uns zwei Stunden lang hin und her durch den Busch. Er wollte uns peitschen. Doch als wir vor diesem Geschöpf ausrissen, kamen wir ganz unerwartet auf eine breite Straße, und als wir die Straße betraten, zog er sich sofort von uns zurück, – aber wir konnten nicht sagen, ob es ihm verboten war, auf der Straße zu gehen.

Wir warteten auf dieser Straße dreißig Minuten, um vielleicht irgend jemanden zu sehen, denn wir wußten nicht, in welcher Richtung wir wandern sollten, und außerdem konnte es diese Straße möglicherweise überhaupt gar nicht geben. Aber obwohl wir dreißig Minuten warteten, kam niemand vorbei, nicht einmal eine Fliege flog über die Straße.

Da aber die Straße sehr sauber und glatt war, wurde uns klar, daß sie keine Fußspuren festhielt, und da nahmen wir an, daß es die Straße war, die in die *Himmelsstadt* führte, *aus der es keine Wiederkehr gab*, die Stadt, die von menschlichen Wesen und auch anderen Geschöpfen nicht betreten werden durfte, – denn wenn sie irgend jemand betrat, kam er (oder sie) ganz ohne Zweifel nicht wieder heraus, weil die Bewohner der Stadt sehr böse, grausam und unbarmherzig waren.

*Auf unserem Weg
in die Stadt
ohne Wiederkehr*

Nun folgten wir der Straße von Norden nach Süden und waren sehr froh, auf ihr zu wandern, aber noch immer begegnete uns keine Fußspur oder irgend jemand auf ihr. Und als wir von zwei Uhr bis sieben Uhr abends auf dieser Straße gewandert waren, ohne ihr Ende oder eine Stadt zu erreichen, da machten wir am Straßenrand Rast und entzündeten ein Feuer. Wir kochten unser Essen und aßen. Dann schliefen wir, und nichts geschah uns während der Nacht. Und als die Nacht um war, wachten wir auf, kochten wieder und aßen.

Danach brachen wir auf und setzten unsere Wanderung fort. Doch obgleich wir vom Morgen bis nachmittags vier Uhr wanderten, sahen oder trafen wir wiederum niemanden auf dieser Straße, und da waren wir ganz sicher, daß sie zur *Himmelsstadt* führte, aus der es keine Wiederkehr gab, und wir gingen nicht weiter, wir hielten an und legten uns schlafen bis zum kommenden Morgen. Sehr früh am Morgen wachten wir auf, bereiteten unser Essen und aßen, danach wollten wir noch ein kleines Stück auf der Straße entlang gehen, bevor wir die Straße verließen.

Aber als es Zeit war, sie zu verlassen, und wir nach links abzweigen wollten, um die Wanderung durch den Busch fortzusetzen, da war es uns unmöglich, abzuzweigen oder anzuhalten oder umzukehren, wir konnten uns nur auf der Straße in Richtung der Stadt fortbewegen. Wir versuchten mit all unseren Kräften, stehen zu bleiben, doch war alles vergeblich.

Wie könnten wir anhalten, – das war jetzt die Frage, die wir uns stellten, denn wir näherten uns schon der Stadt. Da erinnerte ich mich einer Zauberkraft, die mich schon einmal gerettet hatte, ich ließ sie spielen, damit sie uns anhielte, doch statt dessen bewegten wir uns schneller als vorher. Als es schließlich nur noch eine Viertelmeile weit bis zur Stadt war, kamen wir an ein sehr großes Tor, das die Straße überspannte. Es war geschlossen. Vor ihm hielten wir endlich, aber wir konnten uns nicht vorwärts und nicht rückwärts bewegen, und wir standen drei Stunden lang vor diesem Tor, bis es sich öffnete, und dann bewegten wir uns ungewollt in die Stadt, ohne zu wissen, wer uns bewegte. Als wir die Stadt betraten, sahen wir Wesen, die wir niemals in unserem Leben gesehen hatten und die ich auch nicht beschreiben kann, keines von ihnen, auch jetzt nicht, – statt dessen sollte ich etwas von dem was sie taten erzählen. Also: Die Stadt war sehr groß und voll von fremdartigen Geschöpfen. Erwachsene und Kinder waren beide gleich grausam gegen menschliche Wesen, und immer waren sie darauf aus, ihre Grausamkeiten noch zu verschlimmern. Sobald wir ihre Stadt betraten, hielten uns sechs von ihnen fest, und die übrigen schlugen uns, und ihre Kinder warfen mit Steinen nach uns.

Alles, was diese unbekannten Geschöpfe taten, machten sie fehlerhaft: wenn eines von ihnen einen Baum besteigen wollte, stieg es zuerst auf die Leiter, bevor es sie noch gegen den Baum gelehnt hatte. In der Nähe der Stadt war flaches Land, aber sie hatten ihre Häuser an den Abhang eines steilen Hügels gebaut, so daß alle Häuser sich neigten, als wenn sie umfallen wollten, und ihre Kinder rollten immer wieder heraus aus den Häusern, doch die Eltern beachteten es nicht. Keiner von ihnen wusch seinen Körper, ihre Haustiere wuschen sie, – sie hüllten sich in Blätter anstelle von Kleidern, dafür kleideten sie ihre Haustiere kostbar, schnitten ihnen die Nägel, ließen aber die eigenen hundert Jahre lang ungeschnitten. Ja, wir sahen sogar viele von ihnen auf den Dächern ihrer Häuser schlafen, und sie sagten, daß sie ihre Häuser, die sie mit eigenen Händen erbaut hatten, zu nichts anderem gebrauchen könnten, als auf ihnen zu schlafen.

Ihre Stadt war mit einem dicken und hohen Wall umgeben. Wenn ein irdisches Wesen versehentlich die Stadt betrat, fingen sie es und begannen das Fleisch seines (oder ihres) Körpers bei lebendigem Leibe in Stücke zu schneiden, manchmal stachen sie ihm auch mit einem spitzen Messer die Augen aus und verließen es dann, bis es (er oder sie) unter vielen Qualen starb. Nachdem sechs von ihnen uns festgenommen hatten, schleppten sie uns vor ihren König, aber während sie uns dorthin brachten, schlugen uns die übrigen und ihre Kinder – und warfen mit Steinen nach uns. Und als wir in den Palast ihres Königs eintreten wollten, trafen wir unzählige von ihnen am Tor des Palasts, die darauf warteten, uns zu schlagen. Im Palast übergaben sie uns den Dienern des Königs. Danach brachten uns die Diener zum König, währenddessen aber warteten die Tausende weiter am Tor des Palastes auf uns, und manche von ihnen trugen Keulen, Dolche, Messer und andere Waffen, und alle ihre Kinder hatten Steine in den Händen.

Der König stellte uns folgende Fragen: Woher wir kämen? Ich antwortete, wir kämen von der Erde. Er fragte weiter, wie wir es gemacht hätten, ihre Stadt zu erreichen? Ich antwortete, daß ihre Straße uns in ihre Stadt gebracht habe, wir hätten nicht in die Stadt kommen wollen. Danach fragte er, wohin wir gingen. Und ich antwortete, daß wir auf dem Wege in die Stadt meines Palmweinzapfers wären, der vor einiger Zeit gestorben war in meiner Heimat. Und wie ich schon gesagt habe: daß die unbekannten Geschöpfe dieser Stadt sehr grausam zu jedem waren, der irrtümlicherweise in ihre Stadt kam, – der König bestätigte es uns, nachdem ich all seine Fragen beantwortet hatte. Er wiederholte den Namen der Stadt noch einmal: *Himmelsstadt, aus der es keine Wiederkehr gibt*, und er sagte: sie sei eine Stadt, in der nur Feinde Gottes lebten, grausame, gierige und unbarmherzige Geschöpfe. Und nachdem er das gesagt hatte, befahl er seiner Dienerschaft, alles Haar von unseren Köpfen zu scheren, und als die Diener und das Volk am Tor dieses hörten, sprangen sie hoch vor Freude und schrien. Gott ist so gut: daß die Dienerschaft uns nicht vor das Tor des Palasts brachte, bevor sie begannen, unsere Köpfe zu scheren, wie der König angeordnet hatte, – andernfalls wären wir von denen, die vor dem Palast auf uns warteten, in Stücke gerissen worden.

Und nun gab der König seinen Dienern flache Steine, die als Rasierklingen benutzt werden sollten, doch als die Diener begannen, unsere Köpfe damit zu rasieren, erwiesen sich die Steine als unbrauchbar und verletzten nur unsere Köpfe. Und nachdem die Diener alles versucht, aber keinen Erfolg erzielt hatten, gab ihnen der König die Scherben einer zerbrochenen Flasche, mit diesen brachten sie gewaltsam etwas Haar von unseren Köpfen, und das Blut hinderte sie, den Rest der Haare zu sehen. Bevor sie aber begonnen hatten, unser Haar zu rasieren, hatten sie uns mit starken Stricken an eine der Säulen des Palastes gebunden. Und nachdem sie nun einen Teil des Haares von unseren Köpfen geschabt hatten, ließen sie uns angebunden dort stehen und gingen, Pfeffer zu mahlen, und nach einer Weile brachten sie den Pfeffer und rieben unsere Köpfe damit ein, dann setzten sie einen schweren Stoffetzen in Brand und befestigten ihn in der Mitte über unseren Köpfen, so daß er beinahe unsere Köpfe berührte. Aber da wußten wir schon nicht mehr, ob wir noch lebendig waren oder längst tot, wir konnten ja auch nicht unsere Köpfe schützen, weil unsere Hände mit unserem Körper festgebunden waren an der Säule. Als eine halbe Stunde herum war, seit sie die Glut über unseren Köpfen aufgehängt hatten, nahmen sie sie weg und begannen unsere Köpfe aufs neue zu schaben, diesmal mit einem großen leeren Schneckengehäuse, so daß bald unser ganzer Kopf blutete, – indessen war alles Volk, das am Tor auf uns gewartet hatte, des langen Wartens müde, zurück in die Häuser gegangen.

Und nun brachten uns die Diener des Königs auf ein weites Feld unter der prallen Hitze der Sonne, weder Bäume noch Schatten waren dort in der Nähe, das Feld war sauber und kahl wie ein Fußballplatz, es war nah bei der Stadt. Sie hoben in der Mitte des Feldes zwei Gruben oder Löcher aus, nebeneinander, gerade so tief, daß ein Mensch bis zum Kinn darin versank, darauf stellten sie mich in das eine Loch, meine Frau in das zweite, warfen die Erde, die sie ausgehoben hatten, wieder hinein und stampften sie so fest, daß wir kaum atmen konnten. Danach stellten sie Speise ganz nahe vor unsere Münder, doch wir konnten sie weder berühren noch essen. Und sie wußten, daß wir sehr hungrig waren zu dieser Zeit. Schließlich schnitten sie alle sich Gerten zurecht und begannen unsere Köpfe zu peitschen, wir aber hatten keine Hand frei, unsere Köpfe zu schützen. Und endlich brachten sie noch einen Adler, der uns mit dem Schnabel die Augen aushacken sollte, – doch der Adler saß nur da und schaute auf unsere Augen, fügte uns aber kein Leid zu. Indessen gingen die Leute in ihre Häuser zurück und ließen uns mit dem Adler allein. Da ich aber einmal, bevor ich aus meiner Heimatstadt aufgebrochen war, einen Vogel wie diesen Adler gezähmt hatte, tat dieser uns nichts zuleide, und wir blieben in unseren Löchern von drei Uhr nachmittags bis zum anderen Morgen, und ungefähr um neun Uhr früh kam die Sonne und schien sehr heftig auf uns. Als es zehn Uhr war, kamen unsere Peiniger wieder, machten ein großes Feuer um uns, schlugen uns minutenlang, dann gingen sie weg. Aber als das Feuer am Erlöschen war, kamen ihre Kinder mit Peitschen und Steinen und begannen mit Steinen nach unseren Köpfen zu werfen und sie zu peitschen. Als sie genug davon hatten, stiegen sie auf unsere Köpfe und sprangen vom einen zum andern, dann spien sie uns auf die Köpfe, schlugen ihr Wasser ab und schieden ihren Kot darauf aus. Als aber der Adler sah, daß sie Nägel in unsere Köpfe schlagen wollten, da vertrieb er sie alle mit seinem Schnabel vom Feld. Die Erwachsenen hatten, bevor sie gegangen waren, uns angekündigt, daß sie am Nachmittag des zweiten Tages, den wir in den Löchern verbrachten, um fünf Uhr kommen und uns ihren letzten Besuch abstatten würden. Aber Gott ist so gut: als es drei Uhr nachmittags war, ging ein schwerer Regen nieder, und es regnete bis spät in die Nacht hinein, – das hielt sie davon ab, zu kommen und uns ihren letzten Besuch abzustatten.

Und während es regnete, begann sich, so um ein Uhr in der Nacht, die Erde der Löcher zu lockern, und als der Adler sah, wie wir versuchten, aus den Löchern zu kommen, näherte er sich und fing an, das Loch, in dem ich stak, auszuscharren, aber da die Löcher sehr tief waren, gelang ihm das nicht so schnell, wie er wollte. Als ich aber meinen Körper nach links und nach rechts bewegte und schüttelte, kam ich heraus, eilte zu meiner Frau und zog auch sie aus dem Loch. Dann verließen wir hastig das Feld und gingen zum Haupttor der Stadt, unglücklicherweise fanden wir es verschlossen, und die Stadt war von einer dicken, hohen Mauer umgeben, – da verbargen wir uns unter einem Strauch, der lange Zeit nicht gelichtet worden war und nahe an der Mauer stand. Als der Tag anbrach, kamen die Leute aufs Feld und fanden dort nichts mehr. Sie machten sich daran, uns zu suchen, und wenn sie zu dem Strauch gekommen wären, unter dem wir uns verbargen, hätten sie uns mitsamt dem Strauch vernichtet, – da es ihnen aber nicht gelang, uns ausfindig zu machen, nahmen sie an, wir hätten die Stadt verlassen.

Die Sonne über dieser Stadt war sehr heiß, alles trocknete rasch aus. Als es ungefähr zwei Uhr in der Nacht war und alles schlief, gingen wir vorsichtig in die Stadt und nahmen etwas von dem Feuer der Leute, das noch nicht ganz erloschen war. Alle ihre Häuser waren mit Gras gedeckt, es war die trockene Jahreszeit, außerdem stand ein Haus dicht an das andere gelehnt –, wir aber steckten einige der Häuser an. Sie fingen sofort Feuer, und bevor noch ihre Bewohner erwachten, waren die Häuser alle zu Asche verbrannt und neunzig vom Hundert der Leute waren mit ihnen verbrannt, und nicht eines der Kinder wurde gerettet. Die sich aber hatten retten können, stahlen sich durch die Nacht eilig davon.

Als die Nacht herum war, gingen wir in die Stadt, ohne noch jemand zu finden, wir ergriffen ein Schaf und töteten es, dann brieten wir es und aßen so viel wir konnten davon, den Rest packten wir ein, nahmen eine der Äxte der Leute und verließen die leere Stadt, und als wir an die dicke Mauer kamen, schnitt ich ein Teil wie ein Fenster heraus, und wir stiegen durch diese Lücke nach draußen.

So retteten wir uns vor den unbekannten Geschöpfen der Himmelsstadt, aus der es keine Wiederkehr gab. Als wir diese Stadt weit genug hinter uns gelassen hatten und sicher waren, nun endgültig von ihren unbekannten Geschöpfen befreit zu sein, hielten wir an und bauten eine kleine provisorische Hütte im Busch, durch den wir gerade wanderten, wir bauten sie hoch, deckten sie mit Gras, und ich umgab sie mit einer Einzäunung, die uns vor Tieren usw. bewahren sollte. Dann ging ich daran, meine Frau zu pflegen. Tagsüber strich ich durch den Busch, tötete Tiere des Buschs und sammelte eßbare Früchte, und wir nährten uns davon. Nachdem wir, um uns zu erholen, so drei Monate hingebracht hatten, ging es meiner Frau wieder sehr gut, und beim Durchstreifen des Buschs auf der Suche nach Tieren entdeckte ich eines Tages ein altes Buschmesser, dessen hölzerner Griff von Insekten aufgezehrt war, ich nahm es, umwand es mit der Rippe eines Palmblattes, dann schärfte ich es auf hartem Grund, denn es gab keinen Stein dort, schnitt mir einen starken, aber schlanken Stock und bog ihn zur Form eines Bogens, schnitzte mir viele kleine Stöcke zu Pfeilen, – alles zu unserem Schutz. Nachdem wir aber fünf Monate und ein paar Tage in der Hütte zugebracht hatten, überlegten wir, daß es gefahrvoll sein würde und voll der verschiedensten Leiden, in die Stadt umzukehren, wo der Vater meiner Frau wohnte, wir konnten auch nicht den richtigen Weg ausmachen, auf dem wir hätten zurückwandern müssen. Umkehren war hart, und weitergehen war härter, aber schließlich entschlossen wir uns aufzubrechen und weiterzugehen. Für den Fall dringender Not nahmen wir Bogen und Pfeile und Buschmesser mit uns, sonst hatten wir nichts mehr zu tragen, denn unsere Packen waren uns in der Stadt des Himmels ohne Wiederkehr genommen worden, und natürlich hatten wir sie zusammen mit den Häusern der Leute verbrannt. Wir traten unsere Reise frühmorgens an, doch es war ein finsterer Tag, der nach schwerem Regen aussah. Nachdem wir ungefähr sieben Meilen zurückgelegt hatten, rasteten wir und aßen etwas von dem gebratenen Fleisch, das wir mitgenommen hatten. Dann machten wir uns wieder auf den Weg, aber wir hatten kaum mehr als eine Meile in diesem Busch hinter uns gebracht, als wir an einen breiten Fluß kamen, der unseren Weg kreuzte. Wir konnten nicht in den Fluß steigen, denn er war sehr tief, und so viel wir uns auch umsahen, wir konnten kein Kanu oder sonst etwas zum Übersetzen entdecken. Und nachdem wir ein paar Minuten dagestanden hatten, wanderten wir nach rechts das Flußufer entlang, um vielleicht so ans Ende des Flusses zu kommen, aber wir wanderten mehr als fünf Meilen, ohne ein Ende zu sehen. Da kehrten wir um und gingen in der entgegengesetzten Richtung am Flußufer entlang, aber nachdem wir ungefähr sechs Meilen gewandert waren, ohne das Ende des Flusses zu sehen, blieben wir stehen und dachten darüber nach, was wir tun könnten, um über den Fluß hinüberzukommen. Da kam uns der Gedanke, doch noch ein Stück am Ufer weiterzugehen, um entweder das Ende des Flusses oder wenigstens einen sicheren Platz zu erreichen, wo wir rasten und schlafen könnten über Nacht. Wir gingen also weiter am Ufer entlang, und wir waren noch nicht mehr als eine Drittelmeile gegangen, als wir einen mächtigen Baum sahen, der ungefähr eintausendundfünfzig Fuß hoch war und um zweihundert Fuß im Durchmesser maß. Dieser Baum war rundherum weiß, als wenn er mit all seinen Blättern und Zweigen jeden Tag mit weißer Farbe weiß angemalt worden wäre. Und als wir so ungefähr nur noch vierzig Yards weg waren von ihm, da stellten wir fest, daß jemand herausguckte und uns verstohlen aufs Korn nahm, so wie ein Fotograf einen aufs Korn nimmt. Und als wir das sahen, machten wir uns auf und rannten nach links, aber er drehte sich mit, wir rannten nach rechts, und er drehte sich wieder und beobachtete weiter, ohne daß wir feststellen konnten, wer uns beobachtete, wir sahen es nur an dem Baum, der sich drehte, wie wir uns bewegten. Und angesichts dieses schrecklichen Baumes, der uns beobachtete, sagten wir uns, wir sollten nicht länger warten, und drehten uns um und rannten um unser Leben. Aber kaum daß wir rannten, hörten wir eine schreckliche

Stimme, als wenn viele Leute in einen großen Tank sprächen, wir schauten zurück und sahen zwei gewaltige Hände, die aus dem Baum herauskamen und ein Haltzeichen machten. Wir machten aber nicht halt. Da kam die Stimme wieder – »halt dort und kommt her« –, doch wir gehorchten ihr auch diesmal nicht. Erst beim dritten »Halt« der seltsamen und nun noch mächtigeren Stimme blieben wir stehen und blickten zurück.

Und wir sahen mit Furcht auf die zwei Hände, so daß, als sie uns ein Zeichen machten zu kommen, wir einander verrieten, meine Frau und ich, – denn während die Hände uns beide zu kommen aufforderten, wies meine Frau auf mich, und ich wies auf sie, und meine Frau stieß mich an, als erster zu gehen, und ich tat dasselbe mit ihr. Da bedeuteten die Hände uns wieder, daß wir beide gemeint wären, aber wir erinnerten uns nicht, jemals einen sprechenden Baum mit Händen gesehen zu haben, nicht in unserem Leben und auch nicht, seit wir auf der Wanderschaft durch den Busch waren, und deshalb machten wir Anstalten, davonzurennen wie vorher. Doch als die Hände bemerkten, daß wir wieder unsere Beine in die Hand nehmen wollten, streckten sie sich – zu unserem Entsetzen – weit heraus aus dem Baum und hoben uns auf von der Erde. Danach zogen sie sich zurück in das Innere des Baums, – kurz bevor wir den aber berührten, sahen wir eine breite Tür sich öffnen, und die Hände zogen uns durch diese Tür in den Baum.

Bevor wir jedoch ganz eintraten, hatten wir an der Tür für die Summe von 70 Pfund 18 Shilling 6 Pence *unseren Tod verkauft* und ebenso gegen eine Monatsgebühr von 3 Pfund 10 Shilling *unsere Furcht verlie-*

hen, so daß wir nicht mehr an den Tod dachten und uns auch nicht mehr fürchteten. Im Inneren des weißen Baumes fanden wir uns in einem großen Haus wieder, das im Mittelpunkt einer großen und schönen Stadt stand, die Hände geleiteten uns zu einer alten Frau und verschwanden. Die alte Frau saß auf einem Sitz in einem großen Empfangszimmer, das mit kostbaren Dingen geschmückt war, sie forderte uns auf, uns vor ihr niederzulassen, und wir ließen uns nieder. Dann fragte sie uns, ob uns ihr Name bekannt sei. Wir sagten nein. Da sagte sie uns, ihr Name sei *Barmherzige Mutter*, und sie erklärte uns, daß sie da sei, um denen, die in Not gerieten und die gelitten hätten, zu helfen, – sie würde niemanden töten.

Danach fragte sie uns, ob wir den Namen der zwei Hände wüßten, die uns hergebracht hatten, und wir sagten nein. Da verriet sie uns, der Name dieser großen Hände sei *Barmherzige Hände*, und sie sagte, es sei das Werk der Barmherzigen Hände, auf solche zu achten, die dort vorbeikämen oder durch den umliegenden Busch irrten und Schwierigkeiten usw. hätten, und sie zu ihr zu bringen.

*»Das Werk der
Barmherzigen Mutter
im weißen Baum«*

Nachdem sie ihre Geschichte erzählt hatte, forderte sie einen ihrer Diener auf, uns Speise und Trank zu geben, und der Diener gab uns Speise und Trank. Doch nachdem wir uns satt gegessen und getrunken hatten, sagte die Barmherzige Mutter, wir möchten ihr folgen, und wir folgten ihr. Sie brachte uns in den größten Saal in der Mitte des Hauses, es war ein Tanzsaal, und wir sahen dort mehr als dreihundert Leute miteinander tanzen. Die Halle war prächtig ausgestattet, die Ausstattung hatte einen Wert von ungefähr einer Million Pfund (£), viele Bilder gab es in der Mitte der Halle, – auch von uns selbst. Und die Bilder von uns ähnelten uns sehr, sie waren aber auch weiß, – und wir waren sehr überrascht, Bilder von uns zu finden, vielleicht hatte der, der uns wie ein Fotograf beobachtet hatte, bevor uns die Hände in den weißen Baum zogen, die Bilder gemacht, wir konnten's nicht sagen. Wir fragten die Barmherzige Mutter, was sie mit den Bildern denn mache. Sie antwortete, die wären zum Andenken da an all jene, denen sie aus ihren Schwierigkeiten und Leiden geholfen habe. Die schöne Halle war voll von allen möglichen Speisen und Getränken, über zwanzig Bühnen waren da mit unzähligen Orchestern, Musikern und Tänzern. Die Orchester waren ständig beschäftigt. Und die Kinder von sieben und acht usw. Jahren tanzten ununterbrochen, steppten über die Bühne unter wohlklingenden Gesängen, und sie selbst sangen in warmen Tönen zu dem ununterbrochenen Tanz bis zum Morgen. Wir sahen: alle Lichter der Halle waren in Farben von *Technicolor*, und sie wechselten die Farben in Abständen von fünf Minuten. Die Barmherzige Mutter führte uns in den Speiseraum und dann in die Küche, wo wir ungefähr dreihundertvierzig Köche antrafen, die unentwegt eifrig waren wie Bienen, und alle Räume in diesem Hause lagen in einer Reihe. Dann brachte sie uns in ihr Hospital, dort gab es viele Patienten in Krankenbetten, und sie übergab uns einem der Pfleger, der sollte unsere haarlosen Köpfe behandeln, die von den Leuten aus der *Himmelsstadt ohne Wiederkehr* gewaltsam mit Flaschenscherben bearbeitet worden waren.

In diesem Hospital blieben wir eine Woche in Behandlung, bis unsere Köpfe wieder üppiges Haar hervorbrachten, darauf kehrten wir zurück zur Barmherzigen Mutter, und sie gab uns ein Zimmer.

Unser Leben
mit der Barmherzigen Mutter
im weißen Baum

Nun lebten wir also mit der Barmherzigen Mutter, und sie ließ uns ihre Barmherzigkeit zuteil werden, und innerhalb einer Woche hatten wir all unsere erlittenen Qualen vergessen, und die Barmherzige Mutter forderte uns auf, in die Halle zu gehen, wann immer wir wollten. Schon früh am Morgen konnten wir gehen und essen und trinken, weil wir ja nichts, was wir wünschten, bezahlen mußten, und ich begann, mich aller Getränke verschwenderisch zu bedienen, ich war ja ein großer Palmweintrinker gewesen, bevor ich meine Heimat verließ. Und innerhalb eines Monats wurden wir gute Tänzer, meine Frau und ich. Eines Nachts aber (und das war doch sehr sonderbar), als wir – so um zwei Uhr ungefähr – knapp mit Getränken waren, berichtete das der Oberkellner der Barmherzigen Mutter und teilte ihr mit, daß auch nichts mehr vorrätig sei, – da gab sie ihm eine kleine Flasche, die hatte genau die Größe einer Flasche mit Injektionsflüssigkeit und enthielt nur eine ganz kleine Menge Wein. Nachdem der Oberkellner diesen Wein in die Halle gebracht hatte, fingen wir an, von ihm zu trinken, aber obwohl alles mittrank, konnten wir ihn in drei Tagen und Nächten noch nicht zu einem Fünftel austrinken. Nach drei Monaten aber, die wir nun in dem weißen Baum waren, wurden wir Bewohner des Hauses und verfügten über alles, worauf wir Lust hatten, kostenlos. Im Haus war ein besonderer Raum für Glücksspiele, und ich schloß mich den Spielern an, ich war aber nicht erfahren genug, so daß ich alles Geld, wofür wir unseren Tod verkauft hatten, an die geschickteren Spieler verlor. Doch ich hatte vergessen, daß wir eines Tages von dort wieder aufbrechen und Geld brauchen würden. Natürlich zahlte uns der Mieter unserer Furcht regelmäßig jeden Monat die Miete. Wir hatten nun wenig Lust, unsere Reise in die Stadt fortzusetzen, zu der wir unterwegs gewesen waren, bevor wir in den weißen Baum kamen, wir hatten viel mehr Lust, dort für immer zu bleiben.

Als wir aber ein Jahr und zwei Wochen bei der Barmherzigen Mutter verbracht hatten, rief sie eines Nachts meine Frau und mich zu sich und teilte uns mit, daß es Zeit für uns sei, aufzubrechen und unsere unterbrochene Reise fortzusetzen. Als sie das sagte, baten wir sie, uns für immer bei sich zu behalten, doch sie antwortete darauf, daß sie kein Recht habe, irgendwen länger als ein Jahr und ein paar Tage bei sich zu behalten, und sie sagte weiter, daß, wenn es in ihrer Macht stünde, sie unserer Bitte gerne nachgeben würde. Dann aber forderte sie uns auf, hinzugehen und unsere Bündel zu schnüren und am nächsten Morgen fertig zur Reise zu sein. Da gingen wir in unser Zimmer zurück und dachten daran, daß wir nun im Begriff waren, neuen Leiden entgegenzugehen. Wir gingen in dieser Nacht in die Halle, und wir schliefen bis Tagesanbruch nicht, und früh am Morgen beschlossen wir, die Barmherzige Mutter zu bitten, sie möge uns bis an den Ort unserer Bestimmung begleiten. Wir gingen zu ihr und sagten ihr, daß wir fertig wären zur Reise, und wir bäten sie, uns doch zu unserem Bestimmungsort zu begleiten – wegen der vielen furchtbaren Wesen im Busch. Sie aber sagte darauf, diese Bitte könne sie uns nicht erfüllen, sie dürfe ihre Grenzen nicht überschreiten. Aber sie gab mir ein Gewehr und Munition und ein Buschmesser, und meiner Frau gab sie viele kostbare Kleider usw. zum Geschenk, und sie gab uns viel geröstetes Fleisch und Getränke mit und Zigaretten. Danach begleitete sie uns, doch waren wir sehr überrascht, den Baum wie ein großes Tor geöffnet zu sehen und uns plötzlich ganz einfach und unerwartet im Busch wiederzufinden, während das Tor sich schnell schloß und der Baum wie ein gewöhnlicher Baum aussah, nicht wie einer, der sich einfach so öffnen konnte. Und im gleichen Augenblick, als wir uns am Fuß des weißen Baumes im Busch wiederfanden, sagten wir beide (meine Frau und ich) wie aus einem Munde: »Wir sind wieder im Busch.« Es war, als wenn jemand in seinem Zimmer schläft, doch wenn er erwacht, findet er sich mitten im Busch.

Wir empfingen danach unsere Furcht von ihrem Mieter zurück, und er zahlte uns noch die letzte Rate. Dann fanden wir den, der unseren Tod gekauft hatte, und forderten ihn auf, ihn uns wiederzugeben, aber er sagte, das könne er nicht, weil er ihn von uns gekauft und dafür bezahlt habe. Da ließen wir unseren Tod seinem Käufer und nahmen nur unsere Furcht mit. Die Barmherzige Mutter brachte uns an den Fluß, den wir nicht hatten überqueren können, damals, bevor wir den weißen Baum sahen und betraten, – wir blieben stehen und blickten sie an. Nach einer Weile hob sie vom Boden ein kleines Holz auf, nicht größer als ein Streichholz, und sie warf es in den Fluß, und im gleichen Augenblick sahen wir eine schmale Brücke hinüber auf die andere Seite führen. Sie forderte uns auf, ans andere Ufer zu gehen, sie aber blieb stehen, und als wir das jenseitige Ufer erreicht hatten, streckte sie ihre Hand aus, berührte die Brücke, und wir sahen nur noch das Hölzchen in ihrer Hand. Danach sang sie und winkte uns mit der Hand, und wir sangen auch und winkten ihr, bis sie plötzlich verschwand. Und so verließen wir die *Barmherzige Mutter* in dem weißen Baum, die barmherzig zu jedem Geschöpf war.

Und wir nahmen unsere Furcht und machten uns auf den Weg wie ehemals, doch bevor eine Stunde vergangen war, seitdem wir die Barmherzige Mutter verlassen hatten, kam ein gewaltiger Regen, der regnete auf uns zwei Stunden lang, bis er aufhörte, denn es gab keinen Schutz in diesem Busch gegen Regen oder was es auch sei. Meine Frau konnte nicht so schnell gehen, wie wir gern gehen wollten, da hielten wir an und aßen das gebratene Fleisch, das uns die Barmherzige Mutter mitgegeben hatte, und wir blieben zwei Stunden, bis wir uns wieder aufmachten. Als wir aber so durch den Busch wanderten, trafen wir auf eine junge Dame, die kam auf uns zu. Doch als wir sie sahen, schlugen wir einen anderen Weg ein, sie wechselte aber auch ihre Richtung, da machten wir halt und ließen sie herankommen und waren bereit, zu tun, was sie wünschte, wir hatten ja unseren Tod verkauft und konnten also nicht sterben, aber wir fürchteten sie doch, weil wir unsere Furcht nicht verkauft hatten. Als die Dame näherkam, stellten wir fest, daß sie ein langes modisches Kleid und um ihren Hals viele goldene Perlen trug, außerdem trug sie Stöckelschuhe von einer Farbe wie Aluminium, sie war groß wie ein Stekken von etwa zehn Fuß und hatte eine tiefrote Gesichtsfarbe. Nachdem sie bei uns angelangt war, blieb sie stehen und fragte, wohin wir gingen. Ich erwiderte, daß wir zur Totenstadt gingen, und sie fragte weiter, woher wir kämen. Wir sagten, wir kämen von der *Barmherzigen Mutter* im weißen Baum. Danach forderte sie uns auf, ihr zu folgen, wir aber fürchteten sie, und meine Frau sagte: »Das ist kein menschliches Wesen und auch kein Geist, was aber ist sie?« Dennoch folgten wir ihr, wie sie befohlen hatte. Und nachdem wir ungefähr sechs Meilen mit ihr durch diesen Busch gewandert waren, betraten wir einen *Roten Busch*, der war ganz und gar tiefrot, Bäume und Erde und alle Lebewesen darin. Und augenblicklich, während wir ihn betraten, wurden auch meine Frau und ich tiefrot wie der Busch, und aus dem Mund meiner Frau kamen diese Worte: »Das Herz fürchtet sich, aber es ist keine Gefahr für das Herz.«

*»Wir
und das Rote Volk
in der Roten Stadt«*

Nachdem wir etwa zwölf Meilen im *Roten Busch* mit der Roten Dame gewandert waren, kamen wir in eine Rote Stadt und sahen, daß die Bevölkerung dieser Stadt samt ihren Haustieren von tiefroter Farbe war. Wir betraten ein Haus, es war das größte in seiner Umgebung, aber da wir, schon bevor wir dort ankamen, hungrig gewesen waren, baten wir die Dame, uns Speise und Wasser zu geben. Nach einer Weile brachte sie beides, doch zu unserer Überraschung waren Wasser und Speise rot wie rote Farbe. Da sie aber wie gewöhnliches Wasser und wie gewöhnliche Speise schmeckten, aßen wir das Essen und tranken das Wasser. Die Dame ließ uns allein dort und ging, nachdem sie uns zu essen gebracht hatte, weg, aber als wir uns setzten, kamen die Roten Leute und schauten uns erstaunt an. Nach einigen Minuten kam die Dame zurück, forderte uns auf, ihr zu folgen, und wir folgten. Sie führte uns durch die Stadt, zeigte uns alles, dann brachte sie uns zu ihrem König, der ebenfalls rot war wie Blut. Der König begrüßte uns gnädig und forderte uns auf, uns zu setzen. Dann fragte er, woher wir kämen? Wir antworteten, wir kämen von der *Barmherzigen Mutter*, die im weißen Baum residiere. Als er das hörte, sagte er, die *Barmherzige Mutter* sei seine Schwester. Da erzählten wir ihm, wie sie uns von unseren Schwierigkeiten usw. erlöst hatte. Danach fragte er, welches der Name unserer Heimatstadt sei. Wir nannten den Namen. Schließlich fragte er, ob wir noch lebendig gewesen seien, als wir dort aufbrachen, oder schon tot. Wir sagten ihm, daß wir Lebende wären und keine Toten.

Danach forderte er die Rote Dame, die uns zu ihm gebracht hatte, auf, uns in einem der Zimmer seines Palastes unterzubringen, aber dieses Zimmer war sehr weit weg von allen anderen Zimmern, und niemand wohnte dort in der Nähe. Wir betraten das Zimmer und begannen nachzudenken und dachten: welche Absicht er wohl habe, der Rote König des Roten Volkes in der Roten Stadt, – und wir stellten uns diese Frage und konnten ihretwegen bis zum Morgen nicht schlafen.

Als es dann aber Morgen war, gingen wir hin zu dem Roten König, ließen uns vor ihm nieder und warteten ab, was er sagen würde. So um acht Uhr herum kam die Rote Dame, die uns zum Roten König gebracht hatte, und setzte sich hinter uns. Und nach einer Weile fing der Rote König an, uns die Geschichte der Roten Stadt, des Roten Volkes und des Roten Buschs zu erzählen. Er fing so an, er sagte: »Wir alle hier in dieser Roten Stadt waren einst menschliche Wesen. Das war in den alten Zeiten, als die Augen der Menschen noch auf ihren Knien saßen, als wir uns noch bücken mußten unter der Schwere des Himmels, und als wir noch rückwärts gingen – nicht vorwärts wie heute.« Und er sprach weiter: »Eines Tages, da ich also noch unter den Menschen war, stellte ich im Busch eine Falle – und dieser Busch war weit weg von jedem Fluß, nicht einmal ein Teich war in der Nähe, – dann brachte ich ein Fischnetz in einem Fluß an – und dieser Fluß war weit, weit weg von jeglichem Busch, und nicht ein Stückchen Land war dort in der Nähe. Am nächsten Morgen ging ich zuerst zu dem Fluß, in dem ich das Fischnetz angebracht hatte, doch zu meiner Überraschung hatte das Netz einen roten Vogel statt eines Fisches gefangen, und der rote Vogel lebte noch, obgleich er sich unter Wasser befand. Da nahm ich das Netz mitsamt dem roten Vogel heraus und legte alles am Ufer des Flusses nieder. Danach ging ich in den Busch, wo ich die Falle für Buschtiere aufgestellt hatte, aber die Falle hatte einen großen roten Fisch gefangen, und dieser Fisch lebte. Schließlich packte ich alles, Netz und Falle mit rotem Vogel und rotem Fisch, zusammen und brachte es in meine Stadt. Doch als meine Eltern den roten Fisch sahen, den die Falle statt eines Buschtieres gefangen hatte, und auch den roten Vogel, den das Fischnetz statt eines Fisches gefangen hatte, und als sie sahen, daß beide noch lebten, da forderten sie mich auf, sie wieder dorthin zu bringen, woher ich sie hatte, und ich nahm beide und kehrte um und wollte sie, wo ich sie gefangen hatte, wieder aussetzen.

Doch auf halbem Wege machte ich im Schatten eines Baumes halt, entzündete ein Feuer und nahm mir vor, die zwei roten Geschöpfe ins Feuer zu werfen, sie zu Asche zu verbrennen und von dort aus wieder umzukehren in meine Stadt. Als ich sie aber ins Feuer werfen wollte, überraschten mich die beiden Geschöpfe sehr, denn sie sprachen wie menschliche Wesen zu mir, und sie sagten, ich solle sie nicht ins Feuer werfen, weil rote Geschöpfe nicht dafür geschaffen seien, auch nur in die Nähe eines Feuers zu kommen. Aber als ich sie so sprechen hörte, war ich mächtig erschrocken. Und natürlich gehorchte ich ihnen nicht, ich nahm sie statt dessen aus dem Netz und der Falle heraus, um sie ins Feuer zu werfen, während ich sie aber herausnahm, prahlten sie noch, ich könne sie ja doch nicht ins Feuer werfen. Da ärgerte ich mich so, daß ich sie nun mit Gewalt und erst recht ins Feuer warf. Als sie aber im Feuer lagen, die beiden roten Geschöpfe, da sagten sie noch, ich solle sie sofort aus dem Feuer herausnehmen, doch ich erwiderte ihnen, das käme durchaus nicht in Frage. Nach einer Weile zerfielen sie in zwei Hälften, aber sie sprachen noch immer. Darauf sammelte ich mehr trockenes Holz und tat es ins Feuer, als sich aber das Feuer erhob, war ich plötzlich von Rauch umhüllt, der aus dem Feuer kam, und ich konnte kaum atmen. Und bevor ich noch aus dem Busch herausfand, war ich rot geworden, und als ich sah, daß ich mich rot gefärbt hatte, rannte ich meiner Stadt zu und in unser Haus, aber der Rauch folgte mir und drang mit mir in das Haus. Meine Eltern wollten mich waschen, als sie sahen, daß ich mich rot gefärbt hatte, vielleicht ließe sich das Rot abwaschen, aber kaum daß der Rauch mit mir eindrang, wurde die ganze Bevölkerung rot, und wir gingen vor den König, der auf seinem Thron saß, um ihm zu zeigen, was geschehen war, aber der Rauch hinderte den König am Sprechen, und bevor der König etwas sagen konnte, hatte der Rauch sich über die ganze Stadt und alle Menschen ausgebreitet, – und Haustiere, Stadt und Fluß wurden allesamt rot.

Und am siebenten Tag, nachdem wir uns rot gefärbt hatten und vergeblich versucht hatten, das Rot abzuwaschen, starben wir alle und unsere Haustiere mit, und wir verließen unsere Stadt und siedelten uns hier an, aber wir waren noch ebenso rot wie vorher (bevor wir gestorben waren), die Haustiere auch, und die Flüsse, die Stadt und der Busch, überhaupt alles, was wir hier antrafen, wurde rot, so daß wir seitdem *das Rote Volk* heißen und unsere Stadt *Rote Stadt* usw. Einige Tage aber, nachdem wir uns hier niedergelassen hatten, kamen der rote Fisch und der rote Vogel, um in einer großen Höhle in der Nähe dieser Stadt zu wohnen. Und jedes Jahr, seitdem die beiden roten

Geschöpfe dort leben, kommen sie einmal im Jahr heraus, um sich ein menschliches Opfer zu holen, und wir opfern ihnen jährlich einen von uns, um den Rest (die anderen) vor ihnen zu retten. Und deshalb sind wir sehr froh, daß ihr beide gerade jetzt in die Rote Stadt kamt, denn es bleiben uns nur noch drei Tage, bis die zwei Geschöpfe herauskommen werden, um sich ihr diesjähriges Opfer zu holen, und ich wäre sehr glücklich, wenn einer von euch sein Leben für die beiden Geschöpfe hergeben würde.«

Nachdem der Rote König uns die Geschichte erzählt und seinen Entschluß mitgeteilt hatte, einer von uns solle sein Leben den beiden Geschöpfen hingeben, willentlich oder nicht, fragte ich meine Frau, was wir tun könnten? Denn ich wollte nicht, daß einer von uns den anderen allein zurückließe, aber auch niemand von diesem Roten Volk wollte sein Leben opfern, und wiederum wollte der König so schnell wie möglich Bescheid haben von uns.

Da sprach meine Frau diese Worte: »Kurz wird der Verlust der Frau sein – und kürzer die Trennung des Mannes von der Geliebten.« Ich verstand aber nicht, was ihre Worte bedeuteten, weil sie im Gleichnis und wie eine Seherin sprach. Nach kurzer Zeit ging ich zum Roten König und teilte ihm mit, ich würde mein Leben den beiden roten Geschöpfen hingeben. Und als der Rote König und sein Rotes Volk das vernahmen, waren sie überaus froh. Der Grund aber, weshalb ich bereit war, mein Leben zu opfern, war der: ich erinnerte mich, daß wir unseren Tod verkauft hatten und wußte deshalb, daß die beiden Geschöpfe gar nicht fähig sein würden, mich zu töten. Ich hatte nicht gewußt, daß das Rote Volk am Tag vor dem Tag, an dem die beiden Geschöpfe aus ihrer Höhle kommen würden, sein zeremonielles einheimisches Fest für mich oder für den abhielt, der sein Leben den Geschöpfen ausliefern wollte.

Nun wurde all mein Haar von meinem Kopfe entfernt und die eine Hälfte des Kopfes mit einer Art roter Farbe, die andere mit weißer Farbe bestrichen, danach versammelten sich alle und setzten mich an die Spitze des Zuges mit den Trommlern und Sängern. Sie forderten mich auf, zu den Trommeln, die die Trommler schlugen, durch die Stadt zu tanzen. Meine Frau folgte uns auch, aber sie ließ sich nichts davon anmerken, daß sie mich bald verlieren sollte. Und als es fünf Uhr früh war an jenem Morgen, da die zwei roten Geschöpfe hervorkommen würden, nahm ich Gewehr, Munition und Buschmesser, die mir die Barmherzige Mutter gegeben hatte, als ich sie verließ, lud das Gewehr mit der schärfsten Munition, legte es über die Schulter, schärfte mein Messer und hielt es fest in der rechten Hand. Und um sieben Uhr früh an diesem Morgen brachten mich der Rote König und das ganze Rote Volk an die Stelle, wo die Höhle war, und setzten mich dort den roten Geschöpfen aus, dann kehrten sie zurück in die Stadt. Der Ort war nicht weiter als eine halbe Meile entfernt von der Stadt.

Sie ließen mich dort allein und rannten zurück in die Stadt, denn wenn die zwei roten Geschöpfe mehr als die eine Person sehen würden, die zum Opfer dargebracht wurde, würden sie diese auch töten. Meine Frau aber kehrte nicht mit ihnen in die Stadt zurück, sie verbarg sich in der Nähe des Ortes, an dem ich stand, doch ich wußte es nicht. Nachdem ich eine halbe Stunde auf dem Platz vor der Höhle gestanden hatte, hörte ich ein Geräusch, als wenn tausend Personen in dieser Höhle wären, der ganze Platz bebte, ich aber nahm mein Gewehr von der Schulter und hielt es fest, dann faßte ich die Höhle ins Auge. Die beiden roten Geschöpfe kamen heraus aus der Höhle, sie gingen aber nicht Seite an Seite, sie folgten einander, und der zuerst erschien und auf mich zukam, war der rote Fisch. Wahrhaftig, als ich diesen roten Fisch sah, erschrak ich entsetzlich und wäre fast in Ohnmacht gefallen, doch erinnerte ich mich, daß wir unseren Tod verkauft hatten und daß ich gar nicht sterben konnte und achtete deshalb nicht weiter darauf, aber ich fürchtete mich doch sehr, denn unsere Furcht hatten wir ja nicht verkauft. Und wie der rote Fisch so außerhalb der Höhle erschien, glich sein Kopf genau einem Schildkrötenkopf, aber er war groß wie der Kopf eines Elefanten, und über dreißig Hörner bedeckten ihn, und viele große Augen umgaben den Kopf. Die Hörner waren wie Schirme gespreizt. Der Fisch konnte nicht gehen, sondern glitt nur am Boden entlang wie eine Schlange, sein Körper war wie der Körper einer Fledermaus und mit langen roten Haaren gleich Schnüren bedeckt. Ein ganz kleines Stück nur konnte er fliegen, und wenn er schrie, hätte ihn jemand in vier Meilen Entfernung gehört. Die Augen, die seinen Kopf umstanden, schlossen und öffneten sich alle gleichzeitig, als wenn ein Mann einen Schalter an und aus gemacht hätte.

Als dieser rote Fisch mich vor der Höhle stehen sah, lachte er wie ein menschliches Wesen und kam auf mich zu, und ich sagte mir, das ist wirklich ein menschliches Wesen. Aber dann machte ich mich fertig, wie er so lachend auf mich zukam, und als er nur noch ungefähr zwanzig Fuß von der Stelle entfernt war, an der ich stand, feuerte ich mitten auf seinen Kopf, und bevor noch der Rauch des Gewehrs sich verzogen hatte, hatte ich wieder geladen und schoß noch einmal, und der Fisch starb auf der Stelle. Meine Frau aber war, als sie den Fisch aus der Höhle herauskommen sah, von dem Platz, an dem sie sich verbarg, zurückgerannt in die Stadt. Ich wußte, als der Fisch aus der Höhle kam, ich könnte ihn töten, aber ich hatte kein *dju-dju*, keine Zauberkraft, mehr, alles war wirkungslos geworden vom langen Gebrauch.

Ich lud das Gewehr für das zweite rote Geschöpf (den roten Vogel), und innerhalb fünf Minuten erschien er auch vor der Höhle, und ich machte mich fertig. Ich sah, er war ein roter Vogel, aber sein Kopf mochte eine Tonne wiegen oder mehr, und er hatte sechs lange Zähne von ungefähr einem halben Fuß Länge, die waren sehr dick und ragten mit dem Schnabel aus dem Kopfe heraus. Sein Kopf war ganz und gar mit allen Arten Insekten bedeckt, ich kann es hier schwerlich richtig beschreiben. Als dieser Vogel mich sah, öffnete er sein Maul und kam auf mich zu, um mich zu verschlingen, aber ich hatte mich bereit gemacht, und als er den Platz, an dem ich stand, beinahe erreicht hatte, hielt er an und verschlang erst einmal den roten Fisch, den ich als ersten getötet hatte. Danach kam er sofort auf mich zu, ich feuerte auf ihn, lud das Gewehr noch einmal und schoß ihn tot.

Als ich aber sah, daß ich die beiden roten Geschöpfe getötet hatte, da erinnerte ich mich daran, was meine Frau gesagt hatte, als wir die Rote Dame trafen, die uns zum Roten König gebracht hatte. Meine Frau hatte gesagt: es würde Herzensangst geben, aber keine Gefahr für das Herz.

Und nun ging ich zum Roten König der Roten Stadt und teilte ihm mit, daß ich die beiden roten Geschöpfe getötet hätte, und kaum hatte er das von mir gehört, sprang er von seinem Sitz auf und folgte mir zu der Stelle, wo ich sie getötet hatte, die roten Geschöpfe. Als aber der Rote König sah, daß sie tot waren, da sagte er: »Hier gibt es noch ein furchtbares und böses Geschöpf, das meine Stadt verderben kann in der Zukunft.« (Er nannte mich ein furchtbares und böses Geschöpf.) Und während er das sagte, ließ er mich stehen und kehrte um in die Stadt, dann rief er alles Volk seiner Stadt zusammen und teilte ihm mit, was er gesehen hatte. Da diese Roten Leute sich in alles verwandeln konnten, wie sie wollten, hatten sie sich, bevor ich die Stadt erreichte, in ein großes Feuer verwandelt, das all ihre Häuser und all ihren Besitz verbrannte. Und während die Häuser brannten, konnte ich nicht hinein in die Stadt, wegen des dicken Rauches vom Feuer, aber ein wenig später waren Rauch und Feuer verschwunden, und ich glaubte schon, alles wäre mitsamt meiner Frau zu Asche verbrannt. Doch als ich so stand und auf die leere Stadt schaute, da sah ich, wie in der Mitte der Stadt zwei rote Bäume wieder erschienen. Der eine der Bäume war kleiner als der zweite und auch schlanker, und er stand vor dem dickeren Baum. Dieser dickere aber hatte viele Blätter und Zweige. Ich ging auf sie zu, doch sie bewegten sich beide, bevor ich noch ankam, in westlicher Richtung weg von der Stadt, und alle Blätter der Bäume sangen wie menschliche Wesen, indes sich die Bäume fortbewegten, und innerhalb fünf Minuten waren sie meinen Blicken entschwunden, und all die Zeit über ahnte ich nicht, daß es das ganze Rote Volk war, das sich in diese zwei roten Bäume verwandelt hatte. Da aber meine Frau mit diesem Roten Volk verschwunden war, begann ich nach ihr zu suchen, Tag und Nacht, bis ich eines Tags hörte, sie befände sich unter dem Roten Volk, das sich in zwei rote Bäume verwandelt hatte, bevor es die Rote Stadt verließ. Da machte ich mich auf an den Ort, von dem ich gehört hatte, daß sie sich an ihm niedergelassen hätten, doch diese neue Stadt war ungefähr achtzig Meilen entfernt von der Roten Stadt, die sie zerstört zurückgelassen hatten. Nachdem ich zwei Tage gewandert war, kam ich dorthin, aber sie hatten den Ort schon wieder verlassen, nachdem sie gehört hatten, ich käme auch, und ich ahnte nicht, daß dieses Rote Volk vor mir wegrannte, weil es fürchtete, ich könnte es töten, wie ich die zwei roten Geschöpfe getötet hatte. Und so hatten sie also auch diesen Ort wieder verlassen und waren auf der Suche nach einem anderen geeigneten Platz, fanden aber keinen, bevor ich zu ihnen stieß.

Als ich sie (die zwei roten Bäume) unterwegs traf, hatte meine Frau mich gesehen und nach mir gerufen, doch ich erspähte sie nicht, ich hatte ja auch gedacht, ich würde sie und das Rote Volk in ihrer menschlichen Gestalt antreffen, und nicht in der Gestalt der zwei roten Bäume. Und ich folgte den zwei roten Bäumen auf ihrer Suche nach einem geeigneten Platz, wo sie sich niederlassen könnten für eine Woche. Sie fanden auch einen geeigneten Platz und machten dort halt, da war ich aber weit hinter ihnen zurück. Und als ich sie eingeholt hatte, sah ich überall Häuser, sah Leute und ihre Haustiere usw., gerade als wenn sie noch in der Stadt gewesen wären, die sie in Schutt und Asche gelegt hatten, bevor sie sie verließen. Als ich aber in die neue Stadt kam, ging ich direkt zu dem Roten König (dem alten) der neuen Stadt und teilte ihm mit, daß ich meine Frau wiederhaben wolle, und als er das hörte, rief er sie gleich, – sie kam, sah mich und wiederholte ihre Worte, die sie damals gesagt hatte: »Kurz wird die Zeit des Verlustes der Frau und kürzer die Trennung von dem Geliebten.« Und sie sagte: das hätten ihre Worte gemeint. Da glaubte ich ihr. Seitdem die Roten Leute sich aber in der neuen Stadt niedergelassen hatten, waren sie nicht länger rot, weil ich die beiden roten Geschöpfe getötet hatte, von denen sie in Rot verwandelt worden waren.

Meine Frau hatte von der Dame gesagt, der wir begegnet waren: »Sie ist kein menschliches Wesen, und sie ist kein Geist, was aber ist sie?« Sie war das Rote Bäumchen gewesen vor dem größeren Roten Baum, und der größere Rote Baum war der Rote König des Roten Volkes der Roten Stadt und des Roten Busches gewesen – und die Roten Blätter des größeren Roten Baumes: das Rote Volk der Roten Stadt im Roten Busch.

Und nun schlossen meine Frau und ich Freundschaft mit diesem Volk und lebten mit ihm in der neuen Stadt. Und nach einigen Tagen gab uns die Dame, die uns in die frühere Stadt (Rote Stadt) gebracht hatte, ein großes Haus, in dem wir voller Behaglichkeit lebten. »Sie war kein menschliches Wesen, und sie war kein Geist, was aber war sie?« Sie war (auch) der *Tanz* (diese Dame, die uns in die Rote Stadt gebracht hatte), und ihr werdet euch erinnern, daß ich die drei Gefährten namens *Gesang, Trommel* und *Tanz* erwähnt habe. Als diese Dame (*Tanz*) sah, daß ich ihnen sehr geholfen hatte, und daß der Ort, wo sie jetzt lebten, angenehm war und daß sie nicht mehr rot waren, schickte sie nach ihren beiden Gefährten (*Trommel* und *Gesang*), sie möchten zu einer besonderen Gelegenheit in ihre neue Stadt kommen. Aber was für eine Freude konnten wir diesen drei Gefährten bereiten? Niemand konnte die Trommel besser schlagen als *Trommel* selbst, niemand konnte singen, wie der *Gesang* selbst singen konnte, und niemand konnte tanzen, wie *Tanz* tanzen konnte, niemand in dieser Welt. Wer würde sie herausfordern können? Kein einziger, – niemand. Als aber der Tag da war, den sie für das besondere Ereignis festgesetzt hatten, kamen auch die Gefährten von *Tanz*. Und als *Trommel* anfing, sich selbst zu schlagen, erhoben sich alle, die seit Hunderten von Jahren tot waren, und kamen, Zeuge zu sein, wie *Trommel* die Trommel schlug. Und als *Gesang* zu singen begann, kamen alle Haustiere der neuen Stadt, und die Tiere des Buschs kamen mit den Schlangen usw. hervor, um *Gesang* selbst zu sehen, doch als *Tanz* (jene Dame) zu tanzen begann, eilten alle Geschöpfe des Buschs, Geister, Bergwesen und auch alle Flußwesen herbei in die Stadt, um zu sehen, wer da tanzte. Und als die drei Gefährten (*Tanz, Trommel, Gesang*) gleichzeitig zu trommeln, zu tanzen und zu singen begannen, tanzten die ganze Bevölkerung der neuen Stadt und alle, die wiederauferstanden waren aus ihren Gräbern, Tiere, Schlangen, Geister und andere, namenlose Geschöpfe, – tanzten mit den dreien gemeinsam, und an diesem Tag sah ich, daß Schlangen besser tanzen als menschliche Wesen oder jedes andere Geschöpf. Und nachdem alles Volk dieser Stadt und die Geschöpfe des Buschs angefangen hatten, miteinander zu tanzen, konnte zwei Tage lang niemand von ihnen aufhören. Am Ende aber schlug *Trommel* sich selbst, bis sie den Himmel erreichte, und bevor sie noch wahrnahm, daß sie die Welt verlassen hatte, – und seit diesem Tag kam *Trommel* nicht wieder zurück auf die Welt. Und *Gesang* sang, bis er unbedacht in einen breiten Fluß stieg und wir ihn nie wieder sahen, – und *Tanz* tanzte, bis ein Berg aus ihm wurde, und nie wieder erschien *Tanz* irgendwem seit diesem Tag. Und alle die Toten, die aus dem Grabe auferstanden waren, kehrten zurück in ihr Grab und erhoben sich seit diesem Tage nicht wieder. Alle anderen Geschöpfe kehrten zurück in den Busch und anderswohin, aber von diesem Tag an konnten sie nicht wieder in die Stadt kommen und mit menschlichen Wesen oder irgendwem tanzen.

Die Leute der Stadt aber gingen, als *Gesang, Trommel* und *Tanz* (die drei Gefährten) verschwunden waren, heim in ihre Häuser. Und niemand mehr seit diesem Tage hat die drei Gefährten (*Trommel, Tanz* und *Gesang*) selbst und persönlich gesehen, wir hören nur überall in der Welt ihre Namen, und keiner könnte heute noch tun, was sie taten. Nachdem ich ein Jahr mit meiner Frau in dieser neuen Stadt zugebracht hatte, wurde ich ein reicher Mann. Ich warb viele Arbeiter an, die den Busch für mich rodeten, sie rodeten drei Meilen im Quadrat, und ich pflanzte Samen und Körner, die ich von dem gewissen Tier von der Geisterinsel her hatte, dem Eigentümer des Landes, auf dem ich mein Getreide gezogen hatte, bevor es (das Tier) mir die Samen und Körner gab, die am selben Tag, an dem ich sie pflanzte, auch keimten. Und als nun die Samen und Körner am gleichen Tag aufwuchsen und Frucht trugen, wurde ich dadurch reicher als alle anderen Leute der Stadt.

»Unsichtbares Pfand«

Eines Nachts, ungefähr um zehn Uhr, kam ein gewisser Mann in mein Haus. Der erzählte mir, er höre überall das Wort arm, aber er wisse nicht, was das sei, und er möchte es gern wissen. Er sagte, er möchte eine Summe bei mir leihen, dafür würde er arbeiten, er stünde mir für diese Summe als dauernd verpflichteter Arbeiter oder als Pfand zur Verfügung.

Ich fragte ihn, wieviel er denn borgen wolle? Er sagte, er wolle zweitausend Muscheln (Kauris) borgen, das entsprach 6 d (sechs Pence) in britischem Geld. Ich fragte meine Frau, ob ich ihm den Betrag leihen solle, aber meine Frau sagte nur: der Mann würde »ein erstaunlich tüchtiger Arbeiter« sein, »doch später ein erstaunlicher Räuber«. Natürlich verstand ich nicht, was meine Frau damit meinte, und ich gab dem Mann einfach die sechs Pence, um die er bat. Als er gehen wollte, fragte ich ihn nach seinem Namen, er sagte, sein Name sei *Gib und Nimm*. Danach fragte ich, wo er denn lebe, und er antwortete, er lebe in einem Busch, den niemand auffinden könne. Ich fragte ihn weiter, wie die anderen Arbeiter ihn erreichen könnten, wenn sie zur Farm gingen, da antwortete er: wenn sie früh morgens zur Farm gingen, sollten sie an einer Wegkreuzung auf dem Wege

zur Farm seinen Namen rufen. Danach ging er weg.
Als dann meine Arbeiter, da sie morgens zur Farm gingen, an der Kreuzung, wie er gesagt hatte, seinen Namen riefen (mit lauter Stimme), antwortete er mit Gesang. Dann fragte er sie, was sie an diesem Tage arbeiten würden. Sie sagten ihm, sie hätten zu ackern, darauf antwortete er, sie sollten ruhig gehen und ihren Teil ackern, er würde seinen Teil in der Nacht tun, die kleinen Kinder dürften ihn nicht sehen und auch nicht die Erwachsenen. Da gingen die übrigen Arbeiter auf die Farm und ackerten ihren Teil. Als die Arbeiter aber am folgenden Morgen wieder wie gewöhnlich zur Farm gingen, da fanden sie alles auf der Farm schon geackert und den ganzen Busch rund um die Farm im Umkreis von fünfzig Meilen gerodet, und *Unsichtbares Pfand* hatte auch auf den Farmen, die meinen Nachbarn gehörten, geackert und gerodet. Da sagte ich den Arbeitern, sie sollten *Unsichtbares Pfand* mitteilen, die Arbeit des heutigen Tages sei: Feuerholz zu schlagen und zu meinem Hause zu bringen. Und die Arbeiter riefen ihn und teilten es ihm mit. Er aber sagte ihnen, sie sollten ruhig gehn und ihr Feuerholz schlagen, er würde das seine in der Nacht schlagen und vor das Haus bringen. Und wie am Tage vorher blieb er den Arbeitern, als sie ihn von der Kreuzung aus riefen, unsichtbar. Früh am anderen Morgen jedoch, als jedermann erwachte, konnte zu meiner Überraschung niemand aus seinem Hause heraus, weil dieser seltsame Mann (*Unsichtbares Pfand*) Feuerholz und Holzklötze zusammen mit Palmen und anderen Bäumen herbeigeschleppt und die ganze Stadt mit Holz überschwemmt hatte, so daß sich niemand durch die Stadt bewegen konnte, und wir frag-

ten uns, woher er die Zeit genommen hatte, das alles zu bringen. Dann machte sich die ganze Bevölkerung der Stadt daran, das Holz mit Äxten usw. wegzuräumen, aber es dauerte eine Woche, bevor wir es aus der Stadt weggeräumt hatten. Da ich einmal sehen wollte, wie *Unsichtbares Pfand* oder *Gib und Nimm* arbeitete, forderte ich die Farmarbeiter auf, sie sollten *Gib und Nimm* mitteilen: seine Arbeit am heutigen Tage sei, bei mir zuhause den Barbier für meine Kinder zu machen. Er aber sagte seinen Kollegen, sie sollten nur schon gehen und den Kindern die Haare schneiden, denen sie sie zu schneiden hätten, er käme in der Nacht, seine Arbeit zu tun. Danach gingen die Arbeiter weg. Als es Nacht wurde, befahl ich den Arbeitern, ein Auge auf ihn zu haben und aufzupassen, wie er es anstellen würde, die Köpfe meiner Kinder zu scheren. Doch zu meinem Erstaunen fiel jedermann in der Stadt noch vor acht Uhr am Abend in Schlaf, nicht einmal ein Haustier blieb wach. Danach kam *Unsichtbares Pfand* und schor die ganze Bevölkerung der Stadt, Erwachsene und Frauen und Haustiere. Bevor er jedem den Kopf schor, brachte er ihn nach draußen, und nachdem er ihn geschoren hatte, bestrich er den Kopf mit weißer Farbe, – und niemand erwachte, bis er dieses teuflische Werk vollendet hatte und in seinen Busch zurückgekehrt war. Früh am Morgen fand sich jedermann draußen vor seinem Haus, und als wir unsere Köpfe betasteten, da waren sie geschoren und mit weißer Farbe bestrichen. Als aber die Bevölkerung der neuen Stadt beim Erwachen feststellte, daß auch das Kopfhaar all ihrer Haustiere geschoren war, da packte sie die Furcht, in die Hand eines neuen schrecklichen Wesens gefallen zu sein. Doch ich beruhigte sie und erklärte ihnen die Sache, – da wollten sie aber, ich solle ihre Stadt verlassen, indessen nahm ich mir vor, etwas zu tun, was den Leuten gefiele, damit sie mich aus ihrer Stadt nicht vertrieben. Und eines Tages, als die Arbeiter zur Farm gingen, forderte ich sie auf, *Unsichtbares Pfand* wissen zu lassen, die Arbeit des Tages sei: Buschtiere zu töten und zu meinem Hause zu bringen. *Unsichtbares Pfand* antwortete darauf wie gewöhnlich. Und als der nächste Tag anbrach, war die Stadt voll von Tieren des Busches, so daß die Bevölkerung der Stadt besänftigt war und zufrieden und mich nicht länger aus der Stadt fortwünschte.

Einige Zeit später saß ich eines Tages und dachte darüber nach, wie dieser Mann derart arbeiten konnte, ohne nach Nahrung usw. zu verlangen, und als das Korn reif war, sagte ich den Arbeitern, sie sollten, wenn sie zur Farm gingen, ihm sagen, er könne sich etwas Yams, Korn usw. abholen. Das riefen sie ihm denn auch zu, als sie die bekannte Kreuzung erreichten.

Woher sollte ich wissen, daß *Unsichtbares Pfand* oder *Gib und Nimm* das Haupt aller Buschwesen und das mächtigste Geschöpf in der Welt der Geschöpfe des Buschs war? Alle Buschwesen waren ihm untertan und arbeiteten für ihn jede Nacht. Und so nahmen alle diese Untertanen, nachdem *Gib und Nimm* mit ihnen zusammen das nächtliche Werk auf meiner Farm beendet hatte, allen Yams und alles Korn usw. von meiner Farm und auch allen Yams und alles Korn usw. von den Farmen meiner Nachbarn. Ich aber hatte davon nichts gewußt, daß er Untertanen hatte, die für ihn arbeiteten, und daß sie alle – statt daß er allein etwas Yams und etwas Korn nahm – die ganze Menge über Nacht mitnehmen würden.

Und nun erinnerte ich mich daran, was meine Frau vorausgesagt hatte, daß nämlich »dieser Mann ein erstaunlich tüchtiger Arbeiter« sein würde, »aber später ein erstaunlicher Räuber«. Am Morgen jedoch, der dem Tag folgte, an dem die Arbeiter *Gib und Nimm* gesagt hatten, er solle sich etwas Korn und Yams von der Farm holen, fand jeder, der auf seine Farm ging, die Äcker der Farm leer von dem angebauten Getreide, denn alle Äcker waren von diesen Buschwesen abgeräumt worden, so daß sie kahl wie ein Fußballplatz waren.

Als aber die Farmer, meine Nachbarn, sahen, was *Gib und Nimm* angestellt hatte, wurden sie wütend auf mich, weil sie in diesem Jahr kein neues Getreide mehr anbauen konnten und nichts zu essen hatten für sich und die Kinder, – und mein ganzes Getreide war ja auch weg, aber das konnte ich meinen Nachbarn gar nicht erzählen. Die schlossen sich, nachdem sie gesehen hatten, was *Unsichtbares Pfand* oder *Gib und Nimm* ihnen angetan hatte, zusammen, um ein Heer gegen mich aufzustellen, damit ich ihre Stadt schleunigst verließe, und auch, um den großen Verlust, den *Gib und Nimm* ihnen zugefügt hatte, zu rächen. Und sie rotteten sich zusammen und bildeten ein großes Heer. Da fragte ich meine Frau, was das für ein Ende mit uns nehmen würde in dieser Stadt. Meine Frau aber sagte, das Ende würde sein, daß die Einheimischen ihr Leben verlören, die zwei Nicht-Einheimischen würden gerettet. In dieser Zeit verbargen wir uns, meine Frau und ich, in der Stadt, weil die Einheimischen der Stadt Jagd auf uns machten. Natürlich wollten sie nicht innerhalb der Stadt ihre Gewehre abfeuern, wegen der Frauen und Kinder, – deshalb blieben wir (meine Frau und ich) in der Stadt. Und als ich so überlegte, wie wir (meine Frau und ich) vor diesen Leuten sicher sein könnten, brachte meine Frau mich auf den Gedanken, die Hilfe von *Gib und Nimm* (*Unsichtbares Pfand*) anzurufen, vielleicht würde er uns Hilfe leisten. Und nachdem mir meine Frau so geraten hatte, schickte ich nach einem meiner Arbeiter, der sollte *Unsichtbares Pfand* verständigen und ihm sagen, daß die Leute der neuen Stadt ein Heer gegen mich aufstellten, das in zwei Tagen kommen würde, – und daß ich ihn bäte, am frühen Morgen dieses Tages zu kommen und mir zu helfen.

»Unsichtbares Pfand an der Front«

Da aber *Unsichtbares Pfand* tagsüber nichts ausrichten konnte, kam er mit seinen Untertanen oder Gefolgsleuten ungefähr um zwei Uhr in der Nacht in die Stadt und eröffnete mit ihnen allen den Kampf gegen die Bevölkerung der Stadt und tötete die ganze Bevölkerung, nur meine Frau und ich blieben zurück. Und wieder hatte meine Frau recht behalten, denn sie hatte gesagt: die Einheimischen würden ihr Leben verlieren, aber das Leben der Nicht-Einheimischen würde gerettet. *Unsichtbares Pfand* aber kehrte mit seinen Gefolgsleuten noch vor Tagesanbruch zurück in den Busch. Wir allein (meine Frau und ich) konnten in der Stadt natürlich nicht leben. Deshalb packten wir unsere Sachen, das Gewehr dazu und das

Buschmesser, und verließen die Stadt ebenso schnell, wie all ihre Einwohner umgekommen waren.

Und das war die Geschichte von uns und der Roten Stadt mit dem Roten Volk und dem Roten König und von ihrer aller Ende in ihrer neuen Stadt.

Wir aber machten uns erneut auf die Reise nach der unbekannten Totenstadt, in der mein Palmweinzapfer sein sollte, der vor langen Jahren in meiner Heimatstadt gestorben war. Und wie vorher wanderten wir durch den Busch, aber der Busch, in dem wir nun wanderten, war nicht so dicht und auch nicht so furchterregend. Und während wir so dahingingen, sagte meine Frau: wir sollten, bis wir den Ort erreichten, an dem wir die Rote Dame getroffen hatten, der wir in die Rote Stadt gefolgt waren, zwei Tage und Nächte nicht haltmachen, wir hätten ungefähr fünfundfünfzig Meilen bis dahin. Und nachdem wir zwei Tage und Nächte durchgewandert waren, erreichten wir den Ort und rasteten und blieben zwei Tage dort. Dann setzten wir unsere Reise fort, und nachdem wir neunzig Meilen gewandert waren, begegneten wir einem Mann, der saß da und hatte einen vollen Sack vor sich stehen. Wir fragten ihn nach der Totenstadt, und er sagte, das sei genau die Stadt, zu der er selbst ginge. Wir sagten, wir würden ihm in diese Stadt folgen, aber als er das hörte, bat er uns, wir sollten ihm helfen, die Last zu tragen, die er vor sich stehen hatte. Natürlich wußten wir nicht, was in dem Sack war, aber der Sack war voll, und der Mann sagte uns, wir dürften die Last nicht absetzen, bis wir die besagte Stadt erreicht hätten. Außerdem wollte er uns nicht erlauben, das Gewicht des Sackes zu prüfen, ob der Sack schwerer wäre als was wir tragen konnten. Da fragte ihn meine Frau, wie ein Mann dazu käme, die Katze im Sack zu kaufen? Er aber antwortete, es wäre nicht nötig, die Last vorher zu prüfen, er sagte, wenn wir sie einmal auf unseren Kopf gebracht hätten, gleichgültig, ob sie nun schwerer wäre als das, was wir tragen könnten, oder nicht, irgendwie würden wir sie schon in die Stadt bringen. Da standen wir nun vor diesem Mann und seiner Last. Ich aber dachte daran, daß ich die Last, wenn sie mir zu schwer wäre, ja wieder abwerfen könnte, und daß ich den Mann, wenn er mich zwingen wollte, sie nicht abzusetzen, augenblicklich niederschießen würde, da ich Gewehr und Buschmesser hatte.

Und ich sagte also dem Mann, er solle mir die Last auf den Kopf setzen, aber er antwortete, es gäbe zwei Hände, die dürften die Last nicht berühren. Da fragte ich ihn, was für eine Last es denn wäre? Er erwiderte, das sei eine Last: ihren Inhalt dürften zwei ganz bestimmte Personen nicht wissen. Da setzte ich all meine Hoffnung auf mein Gewehr und vertraute meinem Messer wie Gott, forderte meine Frau auf, mir beim Aufnehmen zu helfen, und sie half mir. Als ich aber die Last auf meinen Kopf setzte, erschien sie mir wie der tote Leib eines Mannes, sie war sehr, sehr schwer, doch konnte ich sie leicht tragen. Wir ließen den Mann vor uns hergehen und folgten ihm.

Nachdem wir ungefähr sechsunddreißig Meilen gewandert waren, kamen wir in eine Stadt, doch wußten wir nicht, daß der Mann uns belogen hatte, als er gesagt hatte, er ginge zur Totenstadt, und wir wußten auch nicht, daß die Last, die wir trugen, der tote Leib des Prinzen der Stadt war, die wir betraten. Der Mann hatte auf der Farm den Prinzen versehentlich getötet und hatte jemanden gesucht, der statt seiner als der Mörder des Prinzen angesehen würde.

Wir
und der weise König
in der falschen Stadt
mit dem Prinzenmörder

Da er (der Mörder des Prinzen) wußte, daß der König, wenn er herausbekam, wer seinen Sohn getötet hatte, dafür den Mörder töten würde, wollte er (der Mann) verhindern, daß er sich als der Mörder des Prinzen erwies. Und als wir nun die Stadt (nicht die Totenstadt) mit ihm erreichten, hieß er uns in einem Winkel auf ihn warten, er selbst ging zum König und berichtete ihm, jemand habe seinen Sohn getötet im Busch, und er (der Mann) habe den Mörder hierhergebracht in die Stadt. Da schickte der König ungefähr dreißig Leute aus seiner Dienerschaft mit dem Mann, der den Prinzen getötet hatte, die sollten uns holen und mit der Last zu ihm geleiten. Im Palast öffneten sie den Sack, und als der König sah, daß der Sack den toten Leib seines Sohnes enthielt, befahl er seiner Dienerschaft, uns in einen dunklen Raum einzusperren.

Früh am kommenden Morgen aber befahl der König den Dienern, uns zu waschen und mit den feinsten Kleidern zu kleiden, uns auf ein Pferd zu setzen und sieben Tage lang durch die Stadt zu führen, – das hieß: wir sollten uns in diesen sieben Tagen unseres restlichen Lebens auf der Welt hier erfreuen, danach würde der König uns töten, wie wir seinen Sohn getötet hatten.

Aber die Dienerschaft und der Mann, der den Prinzen wirklich getötet hatte, kannten nicht die wahre Absicht des Königs. Am Morgen wuschen uns also die Diener, kleideten uns mit kostbaren Kleidern und zäumten das Pferd. Dann bestiegen wir das Pferd, und die Diener folgten uns durch die Stadt, sie schlugen Trommeln, tanzten und sangen sechs Tage lang den Trauergesang. Als aber der frühe Morgen des siebenten Tages gekommen war, an dem wir getötet werden sollten und sie (die Diener) uns zum letzten Mal durch die Stadt führten, kamen wir in das Zentrum der Stadt und sahen dort den Mann, der in Wirklichkeit den Prinzen getötet und uns veranlaßt hatte, ihn (den Prinzen) in die Stadt zu tragen. Er stieß uns vom Rücken des Pferdes und bestieg selbst das Pferd, und er teilte der Dienerschaft mit, daß er der Mann sei, der den Königssohn im Busch getötet habe, er sagte, er habe gedacht, der König würde ihn zur Vergeltung töten, und deshalb habe er dem König erzählt, wir hätten den Prinzen getötet. Dieser Mann war nun in dem Glauben, der König sei es zufrieden, daß jemand seinen Sohn getötet hatte, und deshalb habe der König seinen Dienern befohlen, uns zu kleiden und uns hoch zu Pferde durch die Stadt zu geleiten, und er forderte die Dienerschaft auf, ihn zum König zu bringen, damit er in der Gegenwart des Königs seine Worte wiederholen könne.

Er wurde auch zum König gebracht und wiederholte dort, daß er der Mann sei, der den Sohn des Königs getötet habe im Busch. Und als der König das von ihm vernahm, befahl er den Dienern, ihn zu kleiden, wie sie uns gekleidet hatten, danach stieg der Mann auf das Pferd, und während er – wie zuvor wir –

hoch zu Pferd durch die Stadt ritt, hüpfte und lachte er fröhlich auf dem Rücken des Pferdes. Als es aber abends fünf Uhr war, führten sie ihn in den Busch, der für solche Gelegenheiten vorgesehen war, töteten ihn und brachten seinen toten Leib ihren Göttern in jenem Busch dar.

Nachdem wir fünfzehn Tage in dieser Stadt zugebracht hatten, teilten wir dem König mit, daß wir unsere Reise in die Totenstadt fortsetzen wollten, und er gab uns Geschenke und nannte uns den kürzesten Weg in die Totenstadt. Ein Sack, bis zum Rande gefüllt, würde die Ursache eines siebentägigen Tanzes sein, aber ein Weiser König wäre in der Stadt, hatte meine Frau vorausgesagt, – und so war es gekommen. Und damit sind wir am Ende der Geschichte vom Sack, den ich aus dem Busch in die falsche Stadt trug.

Wir aber setzten unsere Reise nach der Totenstadt fort, und nachdem wir zehn Tage lang gewandert waren, sahen wir die Totenstadt in einer Entfernung von ungefähr vierzig Meilen vor uns liegen, und nichts hatte uns mehr auf unserem Weg aufgehalten. Und als wir die Stadt so in der Ferne liegen sahen, hofften wir sie noch am gleichen Tag zu erreichen, wir wanderten aber noch weitere sechs Tage, denn jedesmal, wenn wir sie beinahe erreicht hatten, war sie plötzlich wieder sehr, sehr weit weg, und es schien, als wenn sie uns davonlaufen würde. Woher sollten wir auch wissen, daß tagsüber keiner, der nicht gestorben war, in die Stadt eindringen konnte. Als aber meine Frau das Geheimnis erriet, hieß sie mich anhalten und bis zur Nacht warten. In der Nacht dann forderte sie mich auf weiterzuziehen. Und bald nachdem wir unseren Weg wieder aufgenommen hatten, stellten wir fest, daß

wir kaum mehr als eine Stunde noch brauchten, bis
wir ankommen würden. Natürlich betraten wir die
Stadt nicht vor Anbruch der Dämmerung, weil es eine
unbekannte Stadt für uns war.

Ich und
mein Palmweinzapfer
in der Totenstadt

Um acht Uhr morgens betraten wir die Stadt
und fragten nach meinem Palmweinzapfer, den ich,
seit er gestorben war, suchte, aber die Toten fragten
nach seinem Namen, und ich sagte ihnen, er habe
Baity geheißen, bevor er starb, seinen jetzigen Namen
wüßte ich nicht.

Als ich ihnen diesen Namen nannte und sagte, er sei
in meiner Heimat gestorben, da sagten sie nichts, sondern sahen uns nur unentwegt an. Und als sie uns so
fünf Minuten lang angesehen hatten, fragte einer von
ihnen, woher wir denn kämen? Ich antwortete, wir
kämen aus meiner Heimatstadt. Da sagte er: *woher?*
Ich erzählte ihm, das sei sehr, sehr weit weg, und er
fragte wieder: ob die Leute in dieser Stadt Lebende
seien oder Tote? Ich erwiderte, daß alle Leute in der
Stadt Lebende seien. Aber als er das hörte, sagte er,
wir sollten sofort umkehren in meine Stadt, in der nur
Lebende lebten, er sagte, es sei verboten für Lebende,
die Totenstadt zu betreten.

Doch als dieser Tote uns umkehren hieß, bat ich
ihn, uns zu gestatten, meinen Palmweinzapfer zu
sehen. Und er willigte ein und zeigte uns sein Haus,
das gar nicht so weit weg von dem Platz war, an dem

wir standen, er forderte uns auf hinzugehen und nach ihm (dem Zapfer) zu fragen. Als wir ihm aber (dem Toten) unsere Rücken zuwandten, um zu dem Haus, das er uns gezeigt hatte, zu gehen, wurden alle, die da mit uns standen, ungehalten darüber, daß wir vorwärts oder der Nase nach gingen, denn sie pflegten nicht vorwärts zu gehen, aber das wußten wir nicht.

Und der Mann (der tote), der uns die Fragen gestellt hatte, rannte, sobald er sah, wie wir uns bewegten, uns nach und sagte: er hätte uns aufgefordert, in meine Stadt heimzukehren, weil man als Lebender nicht einfach kommen könne, um einen Toten in der Totenstadt zu besuchen, – und wir sollten deshalb, wie sie (die Toten), rückwärts gehen oder mit dem Rücken nach vorne. Da gingen wir rückwärts. Aber während wir wie sie rückwärts gingen, stolperte ich, und als ich ein tiefes Loch auf meinem Weg zu vermeiden suchte, richtete ich versehentlich mein Gesicht auf das Haus, das er uns gezeigt hatte. Und als er das sah (der Mann), kam er wieder zu uns und sagte, er könne uns nicht gestatten, weiter zu dem Haus zu gehen, weil es in ihrer Stadt nicht anginge, vorwärts zu gehen. Da bat ich ihn noch einmal und erklärte ihm, von wie weit her wir gekommen waren, um meinen Palmweinzapfer zu sehen. Dabei stolperte ich über einen scharfen Stein in die Grube, und irgendwo hatte ich mich geschrammt und fing an zu bluten, und wir blieben stehen, um das Blut abzuwischen, denn es blutete sehr. Als der tote Mann uns stehenbleiben sah, kam er näher und fragte, weshalb wir stehenblieben, und ich zeigte ihm die blutende Stelle. Doch als er das Blut sah, war er heftig verärgert und schleifte uns gewaltsam hinaus aus der Stadt. Wir suchten ihn zu erweichen, aber er sagte: nein, keine Entschuldigung mehr. Wir wußten ja nicht, daß die Toten alle kein Blut sehen können, – jetzt natürlich wußten wir es. Und so schleppte er uns hinaus aus der Stadt und befahl uns, dort draußen stehen zu bleiben, und wir gehorchten. Er aber ging ins Haus meines Zapfers und erzählte ihm, da wären zwei Lebende, die auf ihn warteten. Nach einigen Minuten kam auch mein Zapfer, aber als er uns sah, glaubte er, wir wären, bevor wir zur Totenstadt kamen, gestorben, und er entbot uns den Gruß der Toten. Wir aber konnten den Gruß nicht erwidern, weil wir nicht tot waren, und als er bei uns ankam, wußte er, da wir den Gruß nicht erwidert hatten, daß wir mit ihnen in der Stadt nicht zusammenleben durften, und bevor irgendein Wort fiel, baute er, wo wir waren, eine kleine Hütte für uns. Wir brachten unser Gepäck in die Hütte, und zu meiner Überraschung sah ich, daß auch mein Zapfer rückwärts ging – und nicht so wie zu seinen Lebzeiten in meiner Stadt. Nachdem er die Hütte gebaut hatte, kehrte er um in die Stadt und brachte Speise und zehn Fäßchen Palmwein für uns. Und da wir, schon bevor wir in die Stadt kamen, sehr hungrig gewesen waren, aßen wir im Übermaß, und nachdem ich den Palmwein versucht hatte, brachte ich den Mund nicht mehr weg, bis alle zehn Fäßchen leer waren. Danach unterhielten wir uns, und das Gespräch verlief so: Ich erzählte ihm (meinem Zapfer), daß, nachdem er gestorben war, ich selbst am liebsten mit ihm gestorben und ihm in die Totenstadt gefolgt wäre, wegen des Palmweins, den er für mich gezapft hatte und den niemand so zapfen konnte wie er. Aber ich hatte nicht sterben können. Und da hatte ich eines Tages zwei meiner Freunde gerufen (erzählte ich ihm), war mit ihnen zur Farm gegangen, und wir hatten selbst für uns gezapft, das hatte aber nicht so geschmeckt wie der Wein, den er gezapft hatte, bevor er starb. Und nachdem meine Freunde festgestellt hatten, daß es keinen Palmwein mehr zu trinken gab, wenn sie zu mir kamen, hatten sie mich einer nach dem anderen verlassen, bis keiner mehr gekommen war; selbst wenn ich draußen in der Stadt einen von ihnen gesehen und angerufen hatte, hatte er zwar gesagt, er würde kommen, aber ich sah ihn nicht wieder.

So voll das Haus meines Vaters gewesen war vorher, nun kam niemand mehr (erzählte ich ihm). Und so hatte ich eines Tages, als ich darüber nachgedacht hatte, was man tun könne, gedacht, ich sollte ihn suchen, wo immer er wäre, und ihn bitten, mir wieder in die Stadt meines Vaters zu folgen und wie vorher Palmwein für mich zu zapfen. Und dann hatte ich (erzählte ich ihm) früh an einem Morgen die Reise begonnen und in jeder Stadt und jedem Dorf, wo ich hinkam, gefragt, ob man ihn gesehen habe oder wisse, wo er sei, aber einige hatten gesagt, wenn ich nicht erst etwas tun würde für sie, würden sie es mir nicht sagen (erzählte ich ihm). Dann stellte ich ihm meine Frau vor und berichtete, wie ihr Vater, der in einer Stadt, in die ich gekommen war, Stadtoberhaupt war, mich als seinen Gast empfangen hatte, und wie meine Frau von einem Herrn, der später bis auf einen Schädel zusammengeschrumpft war, in einen fernen Wald entführt worden war, wie ich dorthin gegangen war und sie zu ihrem Vater zurückgebracht hatte, so daß er, nachdem er das wunderbare Werk, das ich für ihn getan, gesehen hatte, sie mir zur Frau gab. Und ich erzählte, daß ich danach einundeinhalb oder mehr Jahre mit ihnen gemeinsam verlebt, mich aber dann mit meiner Frau aufgemacht und überall nach ihm gesucht hatte. Und schließlich berichtete ich ihm, wie schwer wir es, bevor wir in die Totenstadt kamen, im Busch gehabt hatten, weil es keine Straße in die Totenstadt gab und wir Tag und Nacht durch Busch wandern mußten, oft sogar tagelang über das Astwerk der Bäume und ohne Grund zu berühren, und daß es zehn Jahre her war, seit ich aus meiner Stadt fortgegangen war. Nun aber, sagte ich ihm, wäre ich überaus glücklich, ihn hier zu treffen, und ihm höchst dankbar, wenn er mit mir zurück in meine Stadt kommen würde.

Nachdem ich zuende war mit meinem Bericht, sprach er kein einziges Wort, sondern ging nur still zurück in die Stadt, und nach einer Weile brachte er ungefähr zwanzig Fäßchen Palmwein für mich, und ich machte mich daran, sie zu trinken. Danach erzählte er seine eigene Geschichte: Er sagte, er sei, nachdem er gestorben war, dorthin gegangen, wohin jeder, der gerade gestorben ist, gehen müsse, man käme nicht gleich, nachdem man gestorben sei, in die Totenstadt. Und er sagte, daß er dort zwei Jahre der Vorbereitung verbracht und erst, nachdem er sich als ein vollendeter Toter ausgezeichnet hatte, in die Totenstadt kam, um mit Toten zu leben. Und er sagte, er könne sich nicht erinnern, was mit ihm, bevor er starb, geschehen sei in meiner Stadt. Da erzählte ich ihm, daß er an einem Sonntagabend, während er Palmwein zapfte, von einer Palme gefallen war, und daß wir ihn am Fuß dieses Palmbaumes, von dem er gefallen war, begruben.

Er aber sagte, wenn das der Fall war, müßte er zu viel getrunken haben an jenem Tag.

Und dann sagte er: in eben der Nacht, da er auf der Farm gefallen und gestorben sein müsse, wäre er noch einmal zu mir nach Hause gekommen und hätte jeden von uns noch einmal angeschaut, wir aber hätten ihn nicht gesehen, er hätte zu uns gesprochen, doch wir hätten keine Antwort gegeben, da sei er gegangen. Und er erzählte uns, daß weiße und schwarze Tote in der Totenstadt lebten und daß nicht ein einziger Lebender sich darin aufhielt, weil nämlich alles, was sie (die Toten) dort taten, für die Lebenden falsch war, – und alles, was die Lebenden taten, falsch für die Toten.

Er fragte, ob ich nicht sähe, daß die Toten in dieser Stadt samt ihren Haustieren rückwärts gingen? Ich antwortete: ja. Und da sagte er mir, daß er nicht mit mir zurück in meine Stadt gehen könne, weil ein toter Mensch nicht mit Lebenden leben könne, ihre Gewohnheiten wären nicht dieselben, und er sagte, er würde mir etwas aus der Totenstadt, das mir gefiele, mitgeben. Während er das aber sagte, dachte ich an alles, was uns im Busch zugestoßen war, und meine Frau und ich taten mir leid, und es war mir in diesem Augenblick völlig unmöglich, den Palmwein zu trinken, den er (mein Zapfer) mir gerade gegeben hatte. Aber ich wußte ja selbst schon, daß Tote mit Lebenden nicht leben konnten, ich hatte ihre Handlungen verfolgt und gesehen, daß sie mit den unseren nicht übereinstimmten. Um fünf Uhr abends ging mein Zapfer zu sich nach Hause, brachte uns von dort etwas zu essen und ging nach drei Stunden wieder. Als er am Morgen zurückkam, brachte er noch einmal fünfzig

Fäßchen Palmwein für mich, die ich, bevor ich sonst etwas tat, austrank. Als ich aber daran dachte, er würde doch nicht mitkommen in meine Stadt, und da meine Frau mich auch sehr drängte, zeitig wieder aufzubrechen von dort, sagte ich ihm, als er kam, wir würden die Stadt am nächsten Morgen verlassen. Er aber gab mir ein *Ei*. Er riet mir, es wie Gold zu behüten, und sagte, wenn ich heimgekommen sei in meine Stadt, sollte ich es gut in meiner Truhe verwahren, denn es könne mir alles, was ich wünschte in dieser Welt, geben, ich müßte das Ei, wenn ich es benutzen wollte, in eine große Schale mit Wasser tun und dann den Namen dessen aussprechen, was ich mir wünschte. Nachdem er mir das Ei gegeben hatte, verließen wir am dritten Tag nach unserer Ankunft die Totenstadt wieder, und mein Zapfer zeigte uns einen anderen, kürzeren Weg, – und das war eine richtige Straße, kein Busch wie vorher.

Und so begannen wir unsere Reise von der Totenstadt in meine Heimatstadt, die ich vor so vielen Jahren verlassen hatte. Auf unserem Weg aber trafen wir mehr als tausend Tote, die gerade in die Totenstadt gingen. Als sie uns ihnen entgegenkommen sahen auf der Straße, wichen sie aus in den Busch, und erst hinter unserem Rücken kamen sie auf die Straße zurück. Sobald sie uns sahen, machten sie argen Lärm, der uns bewies, daß sie uns haßten und daß es sie heftig verdroß, Lebende zu sehen. Diese Toten sprachen nicht miteinander, sie sprachen nicht in deutlichen Worten, sie murmelten nur. Sie alle sahen aus, als trauerten sie, ihre Augen waren düster und wild, und jeder von ihnen trug ein Gewand von fleckenlosem Weiß.

*Keiner der Toten
zu Tätlichkeiten zu jung.
Tote kleine Kinder
auf dem Marsch
in die Totenstadt*

Wir trafen auch ungefähr vierhundert tote kleine Kinder auf diesem Weg, sie sangen den Trauergesang und marschierten zur Totenstadt (es war ungefähr zwei Uhr nachts, als wir sie trafen), und sie marschierten der Stadt wie Soldaten entgegen, aber sie wichen nicht, wie die erwachsenen Toten, in den Busch aus, als sie uns trafen, sie alle trugen Stöcke in ihren Händen. Wir blieben, da wir sahen, daß sie nicht daran dachten auszuweichen, am Wegrande stehen und wollten sie in Frieden vorbeiziehen lassen, doch das taten sie nicht, statt dessen machten sie Anstalten, uns mit ihren Stöcken zu schlagen. Da rannten wir vor ihnen weg in den Busch, ohne auf die Gefahren des Busches und das, was uns während der Nacht darin geschehen konnte, zu achten, denn diese toten Kinder erweckten mehr Furcht als alles andere in uns. Wir rannten weit hinein in den Busch, weit weg von der Straße, aber die toten Kinder verfolgten uns, bis wir auf einen riesigen Mann trafen, der einen mächtig großen Sack über seiner Schulter hängen hatte – und der fing uns (meine Frau und mich), als er auf uns stieß, mit seinem Sack ein, wie ein Fischer mit seinem Netz Fische fängt. Und erst jetzt machten alle die toten Kinder, die uns verfolgt hatten, kehrt und gingen zur Straße zurück. In dem Sack jenes Riesen aber trafen wir auf viele andere Geschöpfe, die ich jedoch nicht beschreiben kann hier, und der Riese trug uns tief hinein in den Busch. Wir versuchten mit aller Kraft, aus dem Sack herauszukommen, wir konnten aber nichts ausrichten, weil er aus starkem, dickem Seil geflochten war, – er hatte einen Durchmesser von ungefähr einhundertundfünfzig Fuß und konnte fünfundvierzig Personen fassen. Der Mann trug den Sack auf seiner Schulter, während er ging, und wir wußten nicht, wer uns trug, ob ein menschliches Wesen oder ein Geist und ob er die Absicht hatte uns zu töten, – nichts wußten wir.

Angst, die schrecklichen
   Geschöpfe im Sack
 zu berühren

  Wir hüteten uns sehr, mit den anderen Geschöpfen, die wir in dem Sack antrafen, in Berührung zu kommen, weil ihre Leiber kalt wie Eis und behaart und rauh wie Sandpapier waren. Der Atem, der ihnen aus Mund und Nase kam, war wie Dampf so heiß, niemand von ihnen sprach in dem Sack. Und auch der Mann, der uns im Sack durch den Busch trug, sprach nicht, und während er dahinging mit dem Sack auf der Schulter, streifte der Sack Bäume und Grund, ohne daß der Mann darauf achtete oder anhielt. Erst als er einem Wesen seiner Art begegnete im Busch, hielt er an, und sie begannen, den Sack einander zuzuwerfen, hoben ihn, wenn er fiel, wieder auf und setzten das Spiel fort. Nach einer Weile hielten sie ein, der Riese machte sich erneut auf den Weg, und bevor der Tag anbrach, hatte er sich dreißig Meilen von der Straße entfernt.

Schwierig, einander zu grüßen,
schwieriger, einander
zu beschreiben –
aber am schwierigsten,
den Anblick des andern
am Ziel zu ertragen

Es war schwierig, einander zu grüßen, schwieriger, einander zu beschreiben – und am schwierigsten, den Anblick des andern am Ziel zu ertragen. Als es acht Uhr morgens war, hatte der Riese sein Ziel erreicht, hielt an und drehte den Sack um, und wir alle im Sack kamen unerwartet heraus. Und nun sahen wir, daß neun schreckliche Wesen in dem Sack gehaust hatten, bevor der Riese uns fing. Und als wir aus dem Sack heraus kamen, erblickte eines den andern, doch der Anblick der neun schrecklichen Wesen war der furchtbarste Anblick, den uns je ein Geschöpf bot. Dann schauten wir den Riesen an, der uns während der Nacht durch den Busch getragen hatte, er war wirklich ein Riese, mächtig und groß, sein Kopf glich einem Topf von zehn Fuß im Durchmesser, er hatte zwei Augen auf der Stirn, groß wie zwei Schüsseln, und diese Augen konnten sich drehen, wohin immer sie sehen und wen immer sie erspähen wollten. Er sah eine Stecknadel auf drei Meilen Entfernung. Seine beiden Beine waren sehr lang und dick wie die Pfeiler eines Hauses. Keine Schuhe der Welt konnten seine Füße fassen. Die neun schrecklichen Wesen aus dem Sack aber sind wie folgt zu beschreiben: Sie waren klein, nicht mehr als drei Fuß hoch, ihre Haut war rauh wie Sandpapier, das Innere ihrer Handflächen voll kleiner Hörner, sehr heißer Dampf strömte ihnen aus Nase und Mund, wenn sie atmeten, ihre Körper waren eiskalt, und ihre Sprache verstanden wir nicht, sie klang wie Kirchengeläut. Ihre Hände waren etwa fünf Zoll dick, dabei sehr, sehr kurz, mit kurzen Fingern, und auch ihre Füße waren wie Klötze. Sie hatten nicht die Gestalt menschlicher Wesen oder anderer Geschöpfe, die wir im Busch angetroffen hatten bisher, ihre Köpfe waren mit einer Art Haar bedeckt, das wie ein Schwamm war. Obwohl sie sehr flink waren im Gehen, stampften doch ihre Füße, gleich ob auf hartem oder weichem Grund, als wenn jemand über tief ausgehöhlte Erde ginge oder sie schlüge. Als wir mit ihnen aus dem Sack heraus kamen und diese schrecklichen Wesen erblickten, schlossen wir (meine Frau und ich) unsere Augen angesichts ihrer schrecklichen und furchterregenden Erscheinung. Einige Zeit später trug uns der Riese an einen anderen Ort, öffnete einen Hügel, der sich dort erhob, forderte uns auf einzutreten, folgte uns und schloß die Höhle hinter sich. Er beabsichtigte nicht uns zu töten, er hatte uns nur gefangen, um uns zu Sklaven zu machen, aber das wußten wir nicht. In der Höhle trafen wir auf weitere, noch furchtbarere Wesen, die ich hier nicht beschreiben kann. Früh am Morgen ließ uns der Riese heraus aus der Höhle und zeigte uns seine Farm, auf der wir – wie die anderen Geschöpfe, die wir in der Höhle getroffen hatten – arbeiten sollten. Und als ich so eines Tages mit den neun Wesen aus dem Sack auf der Farm arbeitete, beschimpfte mich eines von ihnen in seiner Sprache, die ich nicht verstand, – da fingen wir an, miteinander zu kämpfen. Als aber die anderen sahen, daß ich den einen von ihnen umbringen wollte, machten sie sich bereit, einer nach dem anderen mit mir zu kämpfen. Ich tötete den ersten, der sich mir entgegengestellt hatte, dann kam der zweite, und ich tötete ihn auch und tötete einen nach dem anderen von ihnen, bis der letzte kam, der ihr Anführer war. Als wir anfingen zu kämpfen, begann er sofort, meinen Leib mit seinem Sandpapierkörper und den kleinen Dornen seiner Handflächen aufzuschürfen, so daß ich überall blutete. Ich versuchte mit aller Kraft, ihn niederzuschlagen, aber da ich ihn nicht richtig packen konnte mit meinen Händen, gelang mir das nicht, und da schlug er mich nieder, und ich verlor das Bewußtsein. Natürlich konnte ich nicht sterben, weil wir unseren Tod verkauft hatten. Ich hatte auch nicht gewußt, daß meine Frau sich hinter einem dicken Baum, der nahe bei der Farm stand, verborgen hielt und uns zusah, während wir kämpften.

Als nun einzig der Anführer der neun schrecklichen Wesen übrigblieb, ging er, da er sah, daß ich das Bewußtsein verloren hatte, zu einer bestimmten Pflanze und schnitt acht Blätter von ihr ab. Meine Frau aber sah ihm dabei zu. Dann preßte er die Blätter mit beiden Handflächen, bis der Saft aus ihnen herauskam, und den Saft tat er in die Augen seiner Leute, eines nach dem andern, und sie alle erwachten sofort und gingen zu unserem Herrn (dem Riesen, der uns an diesen Ort gebracht hatte), um zu berichten, was ihnen geschehen war auf der Farm. Im gleichen Augenblick, da sie die Farm verließen, ging meine Frau aber zu jener Pflanze, schnitt ein Blatt von ihr ab, preßte das Blatt aus, und als sie den Saft dieses Blattes in meine Augen träufelte, wachte ich sofort auf. Sie hatte vorgesorgt und unsere Habseligkeiten zurechtgelegt, als sie die Höhle verließ und uns auf die Farm gefolgt war. Wir flohen nun von dieser Farm und waren schon weit, bevor noch die neun schrecklichen Wesen die Höhle unseres Herrn und Meisters erreichten. So war es, wie wir dem Riesen, der uns gefangen und in seinen Sack gesperrt hatte, entkamen.

Wir wanderten, nachdem wir geflohen waren, zwei Tage und Nächte ununterbrochen, um von dem Riesen nicht wieder eingefangen zu werden. Und nach zweieinhalb Tagen kamen wir zurück auf die Straße der Toten, von der uns die kleinen toten Kinder vertrieben hatten, aber wir konnten sie nicht benutzen (die Straße), weil noch immer viele jener furchterregenden Kinder auf ihr entlanggingen.

»Gefährlich,
im Busch zu wandern,
aber gefährlicher,
auf der Straße
der Toten zu wandern«

So wanderten wir durch den Busch, aber nahe der Straße, um uns nicht wieder im Busch zu verlieren.

Als wir zwei Wochen gewandert waren, sah ich die ersten Blätter, die sich für die Erneuerung meiner Zauberkraft eigneten, wir hielten an und bereiteten vier Arten von *dju-dju*, die uns vor jedem gefährlichen Wesen, wann und wo immer, retten würden.

Und als ich mein *dju-dju* zubereitet hatte, fürchteten wir nichts mehr, was uns im Busch noch zustoßen mochte, und wir wanderten am Tage und in der

Nacht, wie es uns gefiel. Da stießen wir eines Nachts auf ein *hungriges Wesen*, das unentwegt »Hunger« schrie und, sobald es uns sah, auf uns zukam. Als es nur noch fünf Fuß von uns weg war, blieben wir stehen und schauten es an, ich verfügte ja wieder über einige Zauberkraft und ich dachte daran, daß wir unseren Tod verkauft hatten, als wir den weißen Baum der Barmherzigen Mutter betraten, und so machte es mir nichts aus, mich ihm zu nähern. Aber als der Hungrige so auf uns zukam, fragte er mehrmals, ob wir etwas zu essen hätten für ihn, wir hatten aber nur unreife Bananen bei uns. Die gaben wir ihm, und er verschlang sie im Augenblick und fragte schon wieder nach etwas zu essen und hörte nicht auf, »Hunger, Hunger, Hunger« zu schreien. Und da wir sein Geschrei nicht ertrugen, öffneten wir unser Gepäck, vielleicht, daß sich etwas Eßbares fände, das wir ihm geben könnten, wir fanden aber nur eine vereinzelte Bohne, und bevor wir sie ihm geben konnten, hatte er sie schon genommen und ohne Zögern verschluckt und begann aufs neue »Hunger, Hunger, Hunger« zu schreien. Wir wußten ja nicht, daß dieses hungrige Wesen mit keiner Nahrung der Welt zufriedengestellt werden konnte, es hätte alles, was es auf der Welt zu essen gab, essen können und wäre doch noch hungrig gewesen, als wenn es ein Jahr lang nichts zu sich genommen hätte. Als wir aber unser Gepäck nach etwas durchsuchten, das wir ihm hätten noch geben können, entfiel meiner Frau das Ei, das mir mein Zapfer in der Totenstadt gab. Der Hungrige sah es, wollte es ergreifen und verschlingen, meine Frau aber war schneller und hob es vor ihm rasch wieder auf.

Da begann er, mit meiner Frau zu raufen und drohte

ihr, sie selbst zu verschlingen. Dabei hörte er nicht auf, immer wieder »Hunger« zu schreien. Ich aber fürchtete, er könnte uns etwas zuleide tun, und bediente mich deshalb meiner Zauberkraft (eines meiner *djudjus*). Und das *dju-dju* verwandelte meine Frau mitsamt unserem Gepäck in eine hölzerne Puppe, und ich steckte die Puppe in meine Tasche. Als der Hungrige jedoch meine Frau nicht mehr sah, forderte er mich auf, ihm die hölzerne Puppe zu zeigen, zur Überprüfung ihrer Identität. Ich zog sie aus der Tasche, und er fragte mich mit zweifelnder Miene, ob das nicht meine Frau mitsamt unserem Gepäck sei? Ich antwortete aber, das sei nicht meine Frau usw., die Puppe sähe ihr nur ähnlich, da gab er mir die Puppe zurück, ich steckte sie in die Tasche und ging meiner Wege. Er aber folgte mir, wie ich so dahinging, und schrie unentwegt »Hunger«. Natürlich hörte ich nicht mehr darauf. Als er ungefähr eine Meile weit mit mir gewandert war, forderte er mich erneut auf, ihm die hölzerne Puppe zu zeigen, er wolle ihre Identität genauer nachprüfen. Ich zog sie aus der Tasche, und er betrachtete sie länger als zehn Minuten und fragte mich wieder, ob das nicht meine Frau sei. Ich erwiderte, es sei nicht meine Frau usw., die Puppe gliche ihr nur, da gab er sie zurück, und ich nahm meinen Weg wieder auf, er folgte mir aber noch immer und schrie nach wie vor »Hunger«. Nach weiteren zwei Meilen verlangte er zum dritten Mal die hölzerne Puppe, ich gab sie ihm, und diesmal starrte er sie länger als eine Stunde an und sagte dann, das sei meine Frau und hatte sie – ehe ich mich versah – schon verschlungen. Das heißt aber: er hatte mit der hölzernen Puppe meine Frau, mein Gewehr, mein Messer, das

Ei und all unsere Habe verschlungen, und mir blieb nichts als meine Zauberkraft, mein *dju-dju*.

Indessen ging er – »Hunger« schreiend – davon und entfernte sich schnell. Nun hatte ich also die Gefährtin verloren – und wie sollte ich sie wiedergewinnen aus dem Magen des hungrigen Wesens? Um der Rettung eines Eies willen war sie in den Magen des hungrigen Wesens geraten. Und nun stand ich und sah, wie der Hungrige sich immer weiter entfernte, ich sah ihn gehen, so weit weg war er schon, daß ich ihn kaum noch erkannte, da dachte ich an meine Frau, wie sie mir durch den Busch gefolgt war bis in die Totenstadt und keine Mühsal gescheut hatte, und ich sagte mir, so solle sie mich nicht verlassen und ich würde sie nicht an das hungrige Wesen verlieren. Und ich machte mich auf und ging dem Hungrigen nach, und als ich ihn eingeholt hatte, bat ich ihn, die hölzerne Puppe, die er verschlungen hatte, wieder von sich zu geben, er aber weigerte sich heftig.

Gattin und Gatte
im Magen
des hungrigen Wesens

Da sagte ich: lieber, als ihm meine Frau lassen, würde ich sterben mit ihm, und ich drang auf ihn ein. Weil er aber kein menschliches Wesen war, verschlang er mich auch, und immer noch schrie er »Hunger« und ging mit uns in seinem Magen davon. Als ich aber in seinem Magen war, rief ich meine Zauberkraft an und verwandelte die hölzerne Puppe in meine Frau, mein Gewehr, das Ei, das Messer und unsere Habe zurück. Dann lud ich das Gewehr und feuerte in seinen Magen, doch er ging, bevor er fiel, noch einige Yards, und ich lud das Gewehr noch einmal und schoß wieder. Danach schnitt ich mit dem Messer seinen Magen auf, und wir verließen den Magen mitsamt unserer Habe. So kamen wir frei von dem hungrigen Wesen, ich kann es jedoch hier nicht richtig beschreiben, denn es war ungefähr vier Uhr nachmittags um diese Zeit und schon sehr dunkel. Wir aber verließen den Hungrigen heil und dankten Gott dafür.

Dann machten wir uns weiter auf die Reise in meine Heimatstadt, aber da uns das hungrige Wesen weit hinein in den Busch getragen hatte, konnten wir unseren Weg zur Straße der Toten nicht wieder ausfindig machen und wanderten deshalb mitten durch den Busch. Als wir so neun Tage gewandert waren, kamen wir in eine Stadt, in der wir eine gemischte Bevölkerung antrafen, und da meine Frau, bevor wir diese gemischte Stadt erreicht hatten, ernstlich erkrankt war, gingen wir zu einem Mann, der glich einem menschlichen Wesen und empfing uns als Gäste in seinem Haus, und ich begann, meine Frau dort zu pflegen. Sie hatten in dieser gemischten Stadt einen Gerichtshof, und ich besuchte ihn oft, um den verschiedensten Fällen beizuwohnen. Da forderte man mich, zu meiner Überraschung, eines Tages auf, in einem Falle das Urteil zu sprechen. Dieser Fall war von einem Mann, der einem Freunde £ 1 (ein Pfund) geliehen hatte, vor das Gericht gebracht worden.

Der Fall aber lag so: Da waren zwei Freunde, von denen war einer ein Schnorrer, er lieh Geld, das war sein Beruf, und er ernährte sich von dem Geld, das er lieh. Und eines Tages lieh er £ 1 (ein Pfund) von seinem Freund. Ein Jahr später bat ihn der Freund, der ihm das Geld geliehen hatte, das Pfund zurückzuzahlen, aber der Schnorrer sagte, er dächte nicht daran, das Pfund zu bezahlen, er habe noch niemals, seit er Geld leihe, seine Schulden bezahlt, niemals seit er geboren sei. Als das der Freund, der ihm das Pfund geliehen hatte, vernahm, sagte er nichts, sondern ging ruhig nach Hause. Und eines Tages hörte der Verleiher von einem Schuldeneintreiber, der tüchtig genug sei, jede Schuld einzutreiben, ganz gleich von welchem Schuldner. Da ging er (der Verleiher) zu dem Schuldeneintreiber und teilte ihm mit, jemand schulde ihm seit einem Jahr £ 1, weigere sich aber, es zurückzubezahlen. Dann gingen beide zum Hause des Schnorrers. Und nachdem der Verleiher dem Schuldeneintreiber das Haus des Schnorrers gezeigt hatte, ging er zu sich nach Hause zurück.

Als aber der Schuldeneintreiber £ 1 (Pfund), das der Schnorrer vor einem Jahr von seinem Freunde geliehen hatte, einforderte, erwiderte der Schuldner (der Schnorrer), er habe niemals, seit er geboren sei, seine Schulden bezahlt. Doch da sagte der Schuldeneintreiber, *er* habe, seit *er* seiner Arbeit nachgehe, noch niemals versäumt, gleich von welchem Schuldner, die Schuld einzutreiben. Und er fügte hinzu, Schulden eintreiben sei sein Beruf, und er lebe davon. Als das der Schuldner von dem Schuldeneintreiber hörte, sagte er: *sein* Beruf sei es, Schulden zu machen, und er lebe von Schulden. Die Folge war, daß beide miteinander zu kämpfen begannen. Während sie aber verbissen miteinander kämpften, ging da ein Mann seines Wegs, der sah sie, kam näher, blieb bei ihnen stehen und schaute ihnen zu, denn der Kampf interessierte ihn sehr, und er dachte nicht daran, sie zu trennen.

Nachdem aber der Kampf der beiden hartnäckig eine Stunde gedauert hatte, zog der Schuldner, der das eine Pfund schuldete, ein Taschenmesser aus seiner Tasche und stieß es sich selbst in den Leib, daß er hinfiel und starb. Der Schuldeneintreiber sah, daß der Schuldner starb, – da entsann er sich, daß er noch niemals, seit er seiner Arbeit nachging, versäumt hatte, irgendeine Schuld von irgendeinem Schuldner in dieser Welt einzutreiben, und er (der Schuldeneintreiber) sagte sich, daß, wenn er das Pfund nicht in dieser Welt von ihm (dem Schuldner) habe eintreiben können, er es eben im Himmel eintreiben werde. Und so zog er (der Schuldeneintreiber) auch ein Taschenmesser aus seiner Tasche und erstach sich gleichfalls und fiel nieder und starb.

Der Mann aber, der dabeistand und zuschaute, war sehr, sehr interessiert an dem Kampf, er war so interessiert, daß er sich sagte, er wolle das Ende des Kampfes sehen, und um Zeuge vom Ende dieses Kampfes im Himmel zu sein, sprang er auf und fiel an derselben Stelle nieder und starb. Mich aber forderte man auf, nachdem der Fall vor dem Gerichtshof dargelegt worden war, festzustellen, wer der Schuldige sei: der Schuldeneintreiber, der Schuldner, der Mann, der dabeistand und zusah, wie sie kämpften – oder der Verleiher des Geldes?

Zunächst war ich versucht, dem Gerichtshof zu sagen, der Mann, der dabeistand und zuschaute, sei schuld, weil er hätte fragen sollen, worum es ging, und die Kämpfenden trennen, – als mir aber einfiel, daß Schuldner und Schuldeneintreiber beide nur ihrer Arbeit nachgingen, von der sie lebten, konnte ich den Mann, der ihnen zugeschaut hatte, nicht tadeln, und wiederum konnte ich den Schuldeneintreiber nicht tadeln, denn er hatte nichts als eine Schuldigkeit getan, – und ebensowenig den Schuldner, weil er für das kämpfte, wovon er lebte. Doch der ganze Gerichtshof bestand darauf, ich solle herausbekommen, wer von ihnen der Schuldige sei. Selbstverständlich vertagte ich das Urteil, nachdem ich zwei Stunden vergeblich nachgedacht hatte, auf ein Jahr, und das Gericht schloß für den Tag. Ich aber ging nach Hause zurück und fuhr fort, meine Frau zu behandeln.

Nachdem aber der Fall, den ich vertagte, vier Monate geruht hatte, wurde ich abermals vor den Gerichtshof gerufen, um in einem anderen Falle das Urteil zu sprechen, und dieser Fall lag so:

Da war ein Mann, der hatte drei Frauen. Diese drei Frauen liebten ihn sehr, sie liebten ihn so sehr, daß sie ihm überallhin folgten, wohin er zu gehen wünschte, und auch er liebte sie sehr. Eines Tages nun ging dieser Mann in eine andere Stadt, die sehr weit entfernt war, und seine drei Frauen begleiteten ihn. Während sie aber durch den Busch wanderten, geschah es, daß der Mann strauchelte, hinfiel und auf der Stelle starb. Wie gesagt: die drei Frauen liebten ihn sehr, und die eine, die erste Frau, sagte, sie könne nicht anders, sie müsse mit ihrem Mann sterben – und starb. Nun blieben die zweite und die letzte, die dritte der Frauen. Da sagte die zweite (die nächste zur ersten, die mit ihrem Gatten gestorben war), sie wisse einen Zauberer hier in der Gegend, der könne Tote erwecken, und sie wolle hingehen und ihn auffordern zu kommen, damit er ihren Gatten mit der ersten Frau wiedererwecke. Und die dritte Frau sagte, sie würde die beiden Leichname bewachen, damit nicht wilde Tiere sie auffräßen, bevor der Zauberer käme. Und sie blieb als Wächterin bei den Leichnamen bis zur Ankunft der zweiten Frau mit dem Zauberer. Bevor aber eine Stunde herum war, war die zweite Frau mit dem Zauberer zurückgekehrt, und der Zauberer weckte den Mann mit der ersten Frau, die ihrem Gatten nachgestorben war, wieder auf. Der Mann dankte dem Zauberer sehr, nachdem er wieder aufgewacht war, und er fragte ihn, wieviel er haben wolle für die wunderbare Tat, die er getan habe, doch der Zauberer sagte, er wünsche kein Geld, wäre aber sehr dankbar, wenn er (der Mann) ihm (dem Zauberer) eine seiner drei Frauen geben könne. Darauf wählte der Mann seine erste Frau, die mit ihm gestorben war, für den Zauberer aus, aber sie (die erste Frau) weigerte sich standhaft. Da bot er (der Mann) dem Zauberer seine zweite Frau an (die gegangen war und den Zauberer geholt hatte, damit er den Mann und die erste Frau wiedererwecke), die aber weigerte sich auch – und ebenso weigerte sich die dritte, die die Leichname ihres Mannes und der ersten Frau bewacht hatte. Als der Mann sah, daß keine seiner Frauen bereit war, dem Zauberer zu folgen, forderte er den Zauberer auf, sie alle zu nehmen, da fingen aber die drei Frauen an, einander in die Haare zu geraten. Unglücklicherweise kam gerade zu dieser Zeit ein Polizist dort vorbei, der verhaftete sie und brachte sie vor den Gerichtshof. Und der hohe Gerichtshof verlangte von mir, ich solle eine der Frauen, die richtige Frau für den Zauberer, auswählen. Wie konnte ich aber eine dieser drei Frauen für den Zauberer auswählen, von denen jede auf ihre Weise ihre Gattenliebe bewiesen hatte: die erste Frau, indem sie mit ihrem Mann starb, die zweite, indem sie gegangen war und den Zauberer gerufen hatte, der den Mann und die erste Frau wiedererweckte, und die dritte, indem sie die Leichname vor wilden Tieren bewahrt hatte, bis die zweite Frau den Zauberer brachte. Deshalb vertagte ich das Urteil in diesem Fall – wie im anderen – auf ein Jahr. Bevor aber der Termin für die beiden Fälle erfüllt war, war meine Frau wieder gesund, und wir verließen die Stadt (die gemischte Stadt). Ich hatte jedoch meine Heimatstadt noch nicht erreicht, da hatte die Bevölkerung der gemischten Stadt schon mehr als vier Aufforderungen an mich geschickt (ich fand die Briefe daheim vor), zu kommen und das Urteil in den beiden Fällen zu sprechen, die beiden Fälle schwebten noch immer und warteten auf mich.

Deshalb wäre ich sehr dankbar, wenn irgend jemand von denen, die dieses Geschichtenbuch lesen, zu einem Urteil über einen oder alle zwei Fälle käme und mir sein Urteil so bald wie möglich zukommen ließe, denn die Bevölkerung der gemischten Stadt bittet mich wirklich sehr dringend, zu kommen und mein Urteil zu fällen.

Nachdem wir die gemischte Stadt verlassen hatten, wanderten wir länger als fünfzehn Tage, bis wir einen Berg sahen, den wir erstiegen und dort über eine Million Bergwesen, wie ich sie wohl nennen kann, trafen.

Wir und die Bergwesen
auf dem unbekannten Berg

Als wir die Höhe dieses unbekannten Berges erreichten, trafen wir – wie gesagt – auf unzählige

Bergwesen, die der Erscheinung nach menschlichen Wesen glichen, ohne menschliche Wesen zu sein. Die Höhe dieses unbekannten Berges war flach wie ein Fußballfeld und ganz und gar von Lichtern in den verschiedensten Farben erleuchtet und wie ein Halle geschmückt. Die Bergwesen aber, die wir dort trafen, tanzten im Kreise. Als wir mitten unter sie traten, hielten sie in ihrem Tanz inne, wir standen mit ihnen und sahen den Busch weit von dort entfernt liegen. Da aber diese Bergwesen immerfort Lust hatten zu tanzen, baten sie meine Frau, mit ihnen zu tanzen, und sie tanzte mit ihnen.

Die Bergwesen zu sehen
war nicht gefährlich,
aber mit ihnen zu tanzen
war höchst gefährlich

Es gefiel ihnen sehr, daß meine Frau mit ihnen tanzte, doch als meine Frau müde wurde, waren sie noch lange nicht müde, und als sie meine Frau einhalten sahen, waren sie alle äußerst beleidigt und drängten sie, weiter mit ihnen zu tanzen. Sie begann noch einmal, wurde aber wieder bald müde und hielt an, – da umringten die Bergwesen sie und sagten, sie müsse tanzen, bis man sie vom Tanzen befreie. Wieder tanzte sie mit ihnen, – als ich jedoch sah, wie erschöpft sie war und daß die Bergwesen nicht ans Aufhören dachten, da trat ich zu ihr und sagte: »Laß uns gehen.« Da sie mir aber folgte, wurden die Bergwesen böse mit mir. Sie wollten sie mir mit Gewalt zum Tanzen entführen. Da ließ ich meine

Zauberkraft spielen, die verwandelte meine Frau wie zuvor in eine hölzerne Puppe, ich steckte die Puppe in meine Tasche, und nun sahen sie meine Frau nicht mehr.

Da sie ihnen entschwunden war, forderten sie mich aber auf, sie auf dem schnellsten Weg wiederzubringen, und wurden sehr zornig auf mich, so daß ich anfing, um mein Leben zu rennen, denn im Kampf ihnen Trotz bieten konnte ich nicht. Ich kam aber nicht weiter als dreihundert Yards, da hatten sie mich alle eingeholt und umringt. Bevor sie mir jedoch etwas zuleide tun konnten, hatte ich mich in einen flachen Kiesel verwandelt und schleuderte mich selbst den Weg entlang, der zu meiner Heimatstadt führte.

Die Bergwesen freilich verfolgten mich weiter und taten ihr Äußerstes, um mich (den Kiesel) zu fangen, das gelang ihnen jedoch nicht, bis ich (der Kiesel) an den Fluß kam, der die Straße zu meiner Stadt kreuzte und von dem es nicht weit bis in meine Stadt ist. Ich war schon, bevor ich an den Fluß kam, sehr müde und drohte in zwei Hälften auseinanderzufallen, weil ich mich an härteren Steinen gestoßen hatte, während ich so dahinrollte, deshalb fingen sie mich beinahe am Fluß ein, als ich ihn erreichte. Da warf ich mich aber, ohne auch nur zu zögern, auf die andere Seite des Flusses und hatte mich, bevor ich den Boden wieder berührte, zurückverwandelt in den Mann, der ich war, ebenso meine Frau, das Gewehr, das Ei, das Messer und unsere Habe. Und kaum daß wir den Boden berührt hatten, sagten wir den Bergwesen lebewohl, und sie konnten, als wir gingen, nichts tun als uns nachschauen, denn sie durften über den Fluß nicht hinüber. Auf diese Weise kamen wir von den Bergwesen los. Und es war von dem Fluß bis in meine Heimatstadt nur noch ein paar Minuten. Und wir betraten das Land meines Vaters, und kein Leid und kein böses Geschöpf begegnete uns mehr.

Es war sieben Uhr morgens, als wir meine Stadt erreichten, wir gingen in meine Wohnung, und da die Leute der Stadt sahen, daß ich heimkehrte, kamen sie zu meinem Hause geeilt und begrüßten uns. So hatten wir also meine Stadt glücklich erreicht, und ich fand meine Verwandten froh und gesund, mitsamt all meinen Freunden, den alten, die, bevor ich die Stadt verlassen hatte, zu mir gekommen waren, um mit mir Palmwein zu trinken.

Und ich ließ zweihundert Fäßchen Palmwein kommen und trank sie mit meinen alten Freunden zusammen, wie damals, bevor ich die Heimat verließ. Gleich nachdem ich zu Hause angekommen war, hatte ich mich aber in mein Zimmer begeben, meine Truhe geöffnet und das Ei, das mir der Palmweinzapfer aus der Totenstadt mitgab, verborgen. Und so hatten all unsere Leiden und Plagen und die vieljährige Wanderung einzig ein *Ei* erbracht, waren auf ein Ei hinausgelaufen.

Am dritten Tag aber nach unserer Ankunft zu Hause gingen meine Frau und ich in die Stadt ihres Vaters und fanden auch dort alles in guter Verfassung und kehrten, nachdem wir drei Tage dort zugebracht hatten, wieder zurück. Und so also war es, wie die Geschichte vom Palmweintrinker und seinem toten Palmweinzapfer verlief.

Es herrschte aber, schon bevor wir in meine Stadt heimgekehrt waren, eine große Hungersnot im Lande, die hatte Millionen alter Leute und unzählige Erwachsene und Kinder getötet. Meine Verwandten hatten sogar, um sich selbst zu erhalten, die eigenen Kinder getötet und gegessen, nachdem sie vorher Haustiere und Eidechsen gegessen hatten. Jede Pflanze, jeder Baum, jeder Fluß vertrocknete aus Mangel an Regen, und nichts war für die Menschen zu essen übrig geblieben.

Die Ursachen der Hungersnot

In den alten Zeiten waren *Himmel* und *Erde*, da sie noch Menschen waren, gute Freunde gewesen. Und *Himmel* war eines Tages vom Himmel auf die Erde, zu seinem Freund, gekommen und hatte gesagt, sie wollten in den Busch gehen, Buschtiere jagen. Und *Erde* war einverstanden mit dem, was *Himmel* ihm sagte. Danach gingen sie, mit Bogen und Pfeilen bewaffnet, in den Busch. Aber sie jagten von morgens bis mittags um zwölf, ohne ein Buschtier zu töten. Sie verließen den Busch und suchten ein großes Feld auf und jagten dort bis gegen Abend um fünf und hatten wiederum nichts erlegt. Darauf verließen sie das Feld und gingen in einen Wald, und es war schon sieben Uhr, bis sie eine Maus aufspüren konnten, und sie machten sich auf, noch eine zweite zu jagen, damit jeder eine hätte, weil die eine, die sie getötet hatten, zu klein war, als daß sie hätte geteilt werden können, – sie erlegten jedoch keine mehr. Als sie an die Stelle zurückkamen, wo die eine Maus, die sie erlegt hatten, lag, dachten sie beide darüber nach, wie die Maus geteilt werden könnte. Weil sie dafür aber zu klein war und beide Freunde begierig waren auf sie, sagte *Erde*, er werde sie nehmen, und *Himmel* sagte, er werde sie nehmen.

Wer wird die Maus nehmen?

Wer aber würde sie nehmen, die Maus? *Erde* verweigerte sie *Himmel*, und *Himmel* verweigerte sie *Erde*. Und *Erde* sagte, er sei der Ältere, und *Himmel* behauptete dasselbe von sich. Nachdem sie aber viele Stunden so gestritten hatten, waren beide verstimmt und gingen ihrer Wege und ließen die Maus da. *Himmel* kehrte zurück in sein Heim, in den Himmel, und *Erde* ging in sein Haus auf der Erde.

Doch als *Himmel* den Himmel erreichte, hielt er den Regen, der zur Erde fiel, auf und schickte nicht einmal mehr Tau auf die Erde, und alles auf der Erde vertrocknete, nichts blieb den Menschen der Erde, um sich zu ernähren, so daß lebende und nichtlebende Wesen dahinzusterben begannen.

Ein Ei speiste die ganze Welt

Da nun also große Hungersnot herrschte, als ich in meine Stadt kam, ging ich in mein Zimmer, goß Wasser in eine Schale, hielt das Ei in das Wasser und befahl ihm, Speise und Trank für meine Frau und meine Verwandten und mich hervorzubringen, und bevor eine Sekunde verstrich, war der Raum voll der verschiedensten Getränke und Speisen, von denen wir, bis wir satt waren, aßen und tranken. Dann ließ ich meine alten Freunde kommen, gab ihnen die restlichen Getränke und Speisen, danach begannen wir alle zu tanzen, und als es sie nach mehr Essen und Trinken verlangte, gebot ich dem Ei wieder und ließ es viele Fäßchen Palmwein erzeugen und trank. Da fragten mich meine Freunde, wie ich es angestellt hätte, alle diese Dinge zu beschaffen. Sie sagten, sechs Jahre hätten sie weder Wasser noch Palmwein genossen, ich aber sagte ihnen, ich hätte den Palmwein usw. aus der Totenstadt mitgebracht.

Und es war spät in der Nacht, bis sie heimgingen in ihre Häuser. Am nächsten Morgen war ich noch nicht aus meinem Bett aufgestanden, als sie – zu meiner Überraschung – wiederkamen und mich weckten, und sie hatten sich um sechzig vom Hundert vermehrt. Ich aber ging, da ich sie sah, in mein Zimmer, wo ich das Ei verborgen hielt, öffnete die Truhe, tat das Ei in die Schale mit Wasser und befahl ihm wie gewohnt, so daß es Speise und Trank für sie alle (die Freunde usw.) hervorbrachte, und ich überließ ihnen (den Freunden) die Wohnung, da sie doch nicht gingen, als es Zeit war zu gehen. Die Nachricht von dem wunderbaren Ei aber verbreitete sich von Stadt zu Stadt und von Dorf zu Dorf. Und als ich eines Morgens erwachte und mich von meinem Bett erhob, war es schwer, die Tür meines Hauses zu öffnen, weil die Bevölkerung verschiedener Dörfer und Städte gekommen war und darauf wartete, daß ich sie speiste, und die Leute waren zu zahlreich, als daß man sie hätte zählen können, und es war noch nicht neun Uhr, da konnte die Stadt die Fremden schon nicht mehr fassen. Als es zehn Uhr war und alle Leute zur

Ruhe gekommen und sich niedergelassen hatten, gebot ich dem Ei wie bisher, und sofort schaffte es Speise und Trank für all diese Leute, und jeder von ihnen, der ein Jahr lang nichts mehr gegessen hatte, aß und trank sich satt, danach nahmen sie, was noch übrig war an Speise und Trank, mit sich nach Hause. Nachdem sie aber alle erst einmal wieder gegangen waren, gebot ich dem Ei, eine große Menge Geld zu erzeugen, das tat es sofort, und ich verbarg das Geld in meinem Zimmer. Da jedermann wußte, daß, wenn jemand zu meinem Haus kam, er oder sie essen und trinken konnte, soviel sie oder er mochte, geschah es, daß noch vor zwei Uhr in der Nacht Leute aus den verschiedenen Dörfern und Städten zu mir kamen, und sie brachten Kinder mit sich und Alte. Auch Könige kamen mit ihrer Dienerschaft. Als ich nicht schlafen konnte wegen des Lärms, den sie machten, stand ich auf und wollte die Tür öffnen, dabei stürzten sie gewaltsam ins Haus und beschädigten die Tür. Ich versuchte sie zurückzudrängen, doch das gelang nicht, – da sagte ich ihnen, nur wenn sie draußen blieben, bekämen sie etwas, und als sie das hörten, gingen sie nach draußen zurück und warteten dort. Und auch ich ging nach draußen und gebot dem Ei, sie mit Speise und Trank zu versorgen. Und immer mehr Menschen kamen nun aus allen möglichen Städten und von unbekannten Orten, aber das Schlimmste war, daß wenn sie gekommen waren, sie nicht mehr in ihre Städte heimkehren wollten, so daß ich keine Möglichkeit hatte, auch nur einmal zu schlafen oder zu ruhen, ich konnte nur immer, Tag und Nacht, dem Ei gebieten. Und da ich fand, daß es zuviele Umstände machte, das Ei in meinem Zimmer aufzubewahren, brachte ich es mit der Schale zusammen nach draußen, mitten unter die Leute.

*Leichtsinniges
Leben daheim*

Nachdem ich auf diese Weise der größte Mann meiner Stadt geworden war und nichts anderes mehr tat, als dem Ei die Beschaffung von Speise und Trank zu befehlen, da geschah es eines Tages, nachdem ich dem Ei geboten hatte, die Leute mit den besten Speisen und Getränken der Welt zu versorgen, und das Ei gehorcht und die Leute Speise und Trank zu ihrer Zufriedenheit zu sich genommen hatten, – da geschah es also, daß sie zu spielen begannen und aus Übermut miteinander rangen, bis versehentlich das Ei zerschlagen wurde, – zusammen mit der Schüssel zerbrochen, das Ei selbst in zwei Teile. Da nahm ich das Ei und leimte es wieder zusammen. Und die Leute blieben da, wenn sie auch nicht mehr spielten usw. und bekümmert waren über das zerbrochene Ei. Und natürlich verlangten sie, als sie wieder Hunger fühlten, wie gewöhnlich nach Nahrung usw. Ich holte das Ei und gebot ihm wie immer, doch es brachte nicht das geringste hervor, ich gebot ihm dreimal in ihrer Gegenwart, aber nichts wurde erzeugt. Und nachdem die Leute vier Tage ohne Essen und Trinken ausgehalten hatten, kehrten sie – einer nach dem anderen – in ihre Städte usw. zurück, und während sie gingen, beschimpften sie mich.

*Bezahle,
was du mir schuldest,
und gib von dir,
was du gegessen hast*

Nachdem alle Leute dahin zurückgegangen waren, woher sie kamen, zeigte sich niemand mehr in meinem Haus, und auch all meine Freunde kamen nicht wieder, und wenn ich sie draußen sah und sie grüßte, antworteten sie mir nicht einmal mehr. Ich kümmerte mich jedoch nicht darum, ich hatte ja eine Menge Geld in meinem Zimmer. Da ich aber das zerbrochene Ei nicht weggeworfen hatte, ging ich eines Tags in mein Zimmer und leimte es noch einmal sorgfältig, gab ihm dann meine Befehle, vielleicht würde es ja doch wieder, wie ehemals, Nahrung erzeugen. Aber zu meinem Erstaunen brachte es statt dessen Millionen lederner Peitschen hervor, und nachdem ich gesehen hatte, was es hervorbringen konnte, befahl ich ihm, die Peitschen wieder an sich zu nehmen, und das tat es sogleich. Ein paar Tage später ging ich zum König und bat ihn, er möge seine Glöckner anweisen, in jeder Stadt und jedem Dorfe die Glocken zu läuten und der ganzen Bevölkerung mitzuteilen, sie solle zu meinem Haus kommen und essen usw. wie früher, denn mein Palmweinzapfer, der mir das erste wunderbare Ei gegeben hatte, habe mir ein anderes Ei aus der Totenstadt geschickt, und dieses andere sei noch viel mächtiger als das erste Ei, das zerbrochen war.

Und als die Leute das hörten, kamen sie alle, und nachdem ich festgestellt hatte, daß niemand von ihnen ausgeblieben war, brachte ich das Ei in ihre

Wer aber würde
Himmel das Opfer
in den Himmel bringen?

Zuerst wählten wir einen der Diener des Königs, doch der weigerte sich, dann wählten wir einen der ärmsten Männer der Stadt, der weigerte sich auch, schließlich wählten wir einen der Sklaven des Königs, und der nahm das Opfer für *Himmel* und brachte es zu *Himmel* als dem Herrn über *Erde*, und *Himmel* empfing das Opfer mit Freuden. Denn das Opfer bedeutete, daß sich *Erde* ergab, daß *Erde* zugab, jünger als *Himmel* zu sein. Doch nachdem der Sklave das Opfer in den Himmel gebracht und es *Himmel* übergeben hatte, hatte er (der Sklave) den Weg zurück auf die Erde erst zur Hälfte gemacht, als ein schwerer Regen niederging. Und da der Regen ihn schlug (den Sklaven), wollte er, als er die Stadt erreicht hatte, dem Regen entgehen, – aber niemand in der Stadt erlaubte ihm, sein Haus zu betreten. Alle dachten, er (der Sklave) würde sie auch zu *Himmel* hinbringen, wie er das Opfer zu *Himmel* gebracht hatte, und sie hatten Furcht.

Nachdem aber der Regen drei Monate lang ununterbrochen gefallen war, gab es keine Dürre und keine Hungersnot mehr.

Mitte und forderte einen meiner Freunde auf, er solle ihm gebieten hervorzubringen, was es für sie hervorbringen könne, danach ging ich in mein Haus und schloß alle Fenster und Türen. Nachdem er (der Freund) dem Ei befohlen hatte, hervorzubringen, was es hervorbringen könne, brachte das Ei Millionen von Peitschen hervor, und die Peitschen peitschten sie alle, und die ihre Kinder und Alten mitgebracht hatten, vergaßen ihre Kinder und Alten mitzunehmen und flohen. Die Diener des Königs wurden heftig von diesen Peitschen geschlagen und auch die Könige selbst. Viele Leute rannten in den Busch, und viele von ihnen starben auf der Stelle, alte Leute vor allem und Kinder, und viele meiner Freunde starben auch, und es war schwer für die übrigen, ihren Weg nach Hause zu finden, und innerhalb einer Stunde war niemand vor meinem Hause verblieben.

Als aber die Peitschen erkannten, daß alles geflohen war, vereinigten sie sich an einem Platz und bildeten wieder ein Ei, und im gleichen Augenblick – zu meinem Erstaunen – verschwand dieses Ei. Die große Hungersnot aber dauerte überall in der Stadt fort, und als ich sah, daß täglich viele Leute der alten Bevölkerung starben, da rief ich die Übriggebliebenen zusammen und sagte ihnen, wie wir der Hungersnot Einhalt gebieten könnten. Und wir beendeten die Hungersnot so: Wir bereiteten ein Opfer aus zwei Hühnern, sechs Kolanüssen, einer Flasche Palmöl und sechs Bitterkolas. Dann töteten wir die Hühner, legten sie in einen gesprungenen Topf, taten die Kolanüsse dazu und gossen das Öl in den Topf. Das Opfer sollte zu *Himmel* droben im Himmel gebracht werden.